跟著老爺爺的味道走

劉碧玲——著
吳嘉鴻——圖

名家推薦

王友輝（台東大學兒文所所長）：

從動物擬人的視角觀看世界，以「味道」串連整個故事，讓我們看到了流浪犬和貓之間的性格特質與趣味，以及動物和人之間相依互動的誠摯與真情。

故事性強烈而吸引人，說理清晰而不說教，更難得的是不同敘事角度的轉化幾乎是無縫接軌，讓讀者得以浸潤在不同的觀點之間，寫作技巧純熟洗鍊，令人激賞。

「葵」最後聞到老爺爺的味道與之遠遠告別，以及與前主人重逢的段落都相當動人，特別能感受到作者筆法的溫潤與暖心，絕對值得捧心閱讀。

黃筱茵（童書翻譯評論工作者）：

以一隻狗兒的流浪與足跡繪出動人的情感地圖，不僅深刻的討論了流浪動物議題，更在這個主軸下，自然的帶入獨居老人與動物的感情連結，還有家的意涵和家人間的牽繫，真摯又令人動容。平易近人的文字，生動的描寫出幾隻狗兒鮮明的性格與各自的遭遇，讓讀者能透過動物的眼睛觀看與感知漫長流浪旅途中的種種艱辛。對於狗兒與老爺爺相知相伴的情誼也著墨甚深，作者摹寫的生活細節恰到好處，我們見證了他們從陌生到相互倚靠的過程，也看見狗兒一路追尋老爺爺味道的忠誠執著，以及真情永不磨滅的印記。

黃秋芳（作家）：

情節鋪陳素樸簡單，表現出生活中依賴、不安、辯證、質疑、痛楚、猶疑、抉擇、確定……的多層次情感。運用味道，形成精巧的意象和流暢的過場，時光的游動遲緩黏稠，所有成長迷途在晦暗凝視中，越是糾纏在一起竟越顯得清明；最難得的是，視角流動生動自然，層層起伏的故事，有惆悵，有失落，也有懊悔和堅持，如同現代疏離中的一則都市童話，歷經磨難、掙扎，找到救贖與圓滿，在虛幻中寄予真實人生的期盼。

謝鴻文（林鍾隆兒童文學推廣工作室執行長）：

這篇小說擁有出色的駕馭故事能力，以葵這隻狗的視角，刻劃牠眼底所見的世界熱情和冷涼，更細膩描摹牠成為流浪犬之後的心境和思想轉折，說葵具有人類智商靈性也不為過。

也因為葵被賦予豐富的、敏感的感官和感情，牠不僅能覺察所有流浪動物的心聲，同理而給予安慰，相互扶持而生勇氣；更重要的是牠也在幫自己認回老爺爺的味道，摸索漫長的回家路，可惜老爺爺早先一步離世，當葵的名字別有寓意的被揭露——原來名字的印記背負著老爺爺一段深情的愛戀，成就了生命另一種形式的相依相伴。

葵明白了自身存在的意義，最終跟隨老爺爺的兒子在一起，傷痛與缺憾彌補回來，重尋幸福的滋味。如此綿密串織的情感，似潮浪一波波衝擊，成就這篇小說的動人光華。

嚴淑女（童書作家／童書作家與插畫家協會台灣分會會長）：

《跟著老爺爺的味道走》透過「味道」鋪陳人與人、人與狗、狗與狗之間的情誼、人性的糾結和對家的渴望。聆聽獨居爺爺把狗改名「葵」去追憶那段錯失的青春往事；聆聽每一隻被遺棄或走失的流浪狗，害怕忘記自己的名字，努力想再聞到家人的味道，再次回到家的生命故事，令人感傷。

故事中的每個角色個性如此鮮明，緊扣「人性」的書寫，形塑一個動人的故事。就像主角「葵」，即使成為流浪狗，也不斷追尋爺爺的味道，展現像忠犬八公持續等待和守護主人的情義；牠在樹林裡對弱小的「蝦米」和年邁的「浪萬」展現的道義令人讚賞。

為了找到回家的路而流浪全台的「浪萬」，因為聞不到家的味道而放棄，最後年邁的牠，獨自在自己挖的洞穴長眠了。「葵」哀傷的嗚咽，輕輕撥土埋葬了朋友，也舔掉「蝦米」臉上的眼淚，像極了人類送走親人的儀式。

而想擁有家，再次感受被疼愛幸福的「蝦米」，卻不惜假冒同為西施狗的「吉米」。雖然再次擁有衣食無虞的家和家人，卻敵不過心理掙扎和愧疚而放棄的描寫如此真實。

這些真實的內心獨白和心理掙扎，讓我們發現不管是人或狗都需要一個溫暖的家，感受被家人疼愛的幸福。因此，不管面對年邁而獨居的親人或愛你的寵物，我們都需要付出行動，真心陪伴，讓他們感受家的幸福感。

目錄

1 改名字

三年前，當時葵的名字叫爆米花，剛滿一歲。

老爺爺的兒子好幾次到老爺爺家裡遊說老爺爺和他們一起搬到美國住。

「我不要，我不會說英文也聽不懂英文，我喜歡住在台灣。」

沒多久，老爺爺的兒子又到老爺爺家裡，這次是為了爆米花。

「爸，你可以收留爆米花嗎？」

和前幾次問老爺爺要不要去美國得到的答案一樣，老爺爺想也沒想就回「我不要」。

老爺爺兒子出國前一天，把爆米花連同爆米花所有的家當，睡覺的小床墊、毯子、五包狗飼料和兩個碗一起帶到老爺爺家裡。

「爸，明天我們全家就要飛美國，爆米花拜託你收留他好不好？我問過所有朋友，他們有的家中已養寵物不能再養一隻狗，有的人不喜歡寵物，如果你再不收留爆米花，明天他馬上成為一隻流浪狗。」

「當初要養他的是你們，現在棄養他的也是你們，你卻把棄養的責任推到我身上，公平嗎？」

「爸，對不起，我太心急亂說話，因為明天的飛機，我到現在還沒找到願意收留爆米花的人，心很急不知道該怎麼辦。我不應該這麼說，我也是不得已，半年前我不知道公司會派我到美國總公司上班，成育在朋友家看到爆米花很可愛，當場問我可不可以養狗？我想，養寵物可以培養孩子的責任感，所以我才會答應他，我又沒有未卜先知的能力，哪知道半年後公司會把我調到美國總公司，爸爸，只剩下你能幫我們了，拜託你接手繼續照顧爆米花，等我們從美國回來，一定馬上把爆米花接回家。」

老爺爺絲毫不為所動。

「我說不要就是不要，我習慣一個人住，突然來一隻狗，他會把家裡弄髒弄亂，我受不了，你自己想辦法，不然買張機票帶他上飛機，寵物不是也能搭飛機出國嗎？」

主人和老爺爺說了很多話，爆米花聽得似懂非懂，不過當他聽到流浪狗三個字，他再清楚不過這三個字的意思，他感到非常害怕，端坐抬頭看老爺爺。老爺爺和主人兩人原本好好說話，漸漸變成像是在爭吵，而且是為了他在爭吵，不管他們爭吵內容是什麼，總之，他得想辦法讓自己不要變成流浪狗。於是他充滿企盼和乞求的眼神一直看老爺爺，有時候老爺爺話說著說著，眼睛會偷偷看他一下馬上再轉開，爆米花這時候就讓小尾巴變成掃帚一樣在地上來回掃地。

老爺爺偷看爆米花的次數越來越多次，爆米花的尾巴不停搖擺。

爆米花回想在媽媽懷裡吃奶的日子，媽媽時常告誡他們三個兄弟，無論如何都要避免讓自己成為一隻浪浪，萬一不小心迷路或是被主人棄養，必須靠味道找到回家的路。

「所以鼻子很重要，我們要能辨別空氣中各種氣味，同時記住主人家任何東西的味道，除了食物以外，因為食物味道的共通性很高，那種媽媽的味道只有人類才有辦法分辨出來，狗是做不到的。但我們可以記住家人的頭髮或是身上的味道，還有家裡任何東西的味道，人們身上的味道會留在穿過的衣服上面，坐過的椅子上面，所以千萬不能忘記家中任何一樣東西的味道。」

「爸，明天的飛機，我又沒事先跟航空公司提出申請，狗不是隨便買張機票就能上飛機的。」

老爺爺再一次低頭看爆米花，這次他看得很久，爆米花知道老爺爺這一看將攸關他命運，就算現在他很怕變成浪浪怕到全身發抖，他也必須想法子得到老爺爺的關愛，他又以乞憐的眼神看老爺爺，看得老爺爺心軟，那天主人自己回家，他和他的家當留在老爺爺家裡，從此他和老爺爺一起住，成為老爺爺在台灣唯一的家人。

第一天晚上，老爺爺並沒有多加理會他。晚餐時，老爺爺煎了一條魚，炒一盤青菜，煮一碗蛋花湯，飯菜全部端到客廳一張小桌子，老爺爺坐下吃飯，吃飽後才把爆米花的飼料放進碗裡，另一個碗裝水，兩個碗同時拿到後面的空地放著。

「爆米花，你過來。」

爆米花聽見老爺爺喊他，馬上從客廳跑到後面。

「以後你吃飯的地方就在這兒，這裡也是我曬衣服的地方，你既不會拖地也不會掃地，喝水又不像貓一樣愛乾淨，懂得將水捲進嘴裡舌頭必須捲起來才不會把水滴到地上，你們狗就是，唉，總之呢，你若在屋裡吃飯，會把地上弄得髒兮兮，到處是水，為了不要製造髒亂，以後都在後面這片空地吃飯喝水，懂嗎？」

爆米花專心聽老爺爺跟他說話，老爺爺一說完，他趕緊大聲回答。

「我記住了，我會在這吃飯喝水，絕對不弄髒你的屋子。」

老爺爺嚇一大跳。

「你幹嘛汪汪汪叫這麼大聲，你是怕鄰居不知道我養了一隻狗嗎？還是，你其實是大聲抗議我不讓你在屋裡吃飯喝水，抗議也沒用，既然跟我住就要按照我的規矩，以後你就在這兒吃飯，這兒是我曬衣服的空地，有遮陽屋頂，不會淋雨也不會曬到太陽，好得很呢。難不成你想上桌和我一起吃飯？我吃的東西，你一樣都不能吃，我兒子有交代，不能給你吃人吃的食物，他說你吃了會死掉，你想死嗎？」

爆米花這回沒敢大聲回答，他輕輕哼一下，主要是他肚子好餓，急著要吃飯，不想繼續聽老爺爺訓話。

老爺爺才轉身離開，爆米花開心的把頭埋進碗裡，很快把整碗飼料吃光，再喝另外一個碗裡的水，果然滴了好幾滴的水在地上，他馬上把地上的水舔乾後才走進屋裡。

老爺爺吃飽坐在沙發上看電視，老爺爺看的是日劇。爆米花聽見電視傳來的聲音，對他來說是最好的催眠曲，他悄悄坐到老爺爺腳邊，先是輕輕靠著老爺爺的腳，沒多久他趴下睡著了。老爺爺看完日劇關上電視，站起來看到睡在他腳邊的爆米花，看了好一會兒才把爆米花抱起來放進爆米花的小床墊上，老爺爺的手在爆米花身上輕輕來回摸著。

「我那個兒子，就是你的主人，幸好懂得為你想，把你的舊物都帶過來我這兒，睡在自己的床墊上總是比較安心些，不然像我會認床可就糟了。今天是第一天跟家人分開，熟悉的味道可以幫助你好睡。我看你睡覺的樣子，和葵很像很像，看見你們睡覺的模樣讓人感到幸福平靜，我看你就不要叫什麼爆米花，爆米花的時候逼逼破破吵得不得了，和你睡覺的樣子不合，以後你就叫葵不叫爆米花。」

那天以後，爆米花就改名叫葵，葵和老爺爺從此過了三年幸福快樂的日子，葵也脫離幼犬模樣長成一隻成犬，老爺爺常常蹲下來拍拍葵的頭說。

「你怎麼長得這麼帥，全身毛黑得發亮，尾巴呢，就像一支往上翹的黑色大鐮刀，走起路來雄糾糾，全世界最漂亮的歐告（黑狗的台語發音）就是我的葵了。」

老爺爺很愛乾淨，葵自然也像老爺爺一樣，他不曾在屋裡尿尿或大便。老爺爺每天早晚會帶他出門散步，這時候才是他尿尿和大便的時間，散步回家，葵也會自動站在前院的水龍頭底下等老爺爺幫他洗腳。

「你和我一樣愛乾淨，真好，我問過獸醫，他說一歲左右的狗正是愛玩愛搗蛋的時候，常常把屋子弄亂，又會亂咬東西，當時我看到你，其實心裡很害怕你會在我屋裡搗蛋，不過你到我家的第一天表現很乖，沒把家裡弄亂，我本以為你是裝出來的，現在證明你和葵真的很像，安靜又溫和。」

當老爺爺在前院整理花草和樹木，葵就必須待在屋裡，老爺爺不許他到院子，就怕他把身體弄髒。

「你乖乖待在屋裡，我怕澆花萬一不小心弄濕你，你呢，一時興起亂跑到處踩泥巴，或是玩水把自己弄得全身髒兮兮，我又要幫你洗澡。」

葵一向聽話，他會趴在窗戶看老爺爺澆花，老爺爺總是一邊澆花一邊跟花說話，老爺爺最常說話的對象是向日葵，老爺爺最常說的故事是有關葵的故事，這個故事葵雖然聽了很多很多遍，大部分內容他都記住了，不過每一次聽他都像是第一次聽一樣，專心且感興趣，老爺爺偶而會停下來問葵。

「你覺得我當年是不是膽小鬼？」

葵只要聽見老爺爺問他問題，不管有沒有聽懂，他都會打噴嚏來回答，老爺爺聽見葵打噴嚏就開心大笑。

「你的答案好，現在我再問你第二個問題，你要不要吃芭樂？」這句話葵是真聽懂了，他用力連續打兩個噴嚏，惹得老爺爺更開心，通常吃飽飯後才會有水果吃，老爺爺特別開心的時候也會額外給他一小片芭樂或是蘋果當獎勵。

老爺爺又開始說起他的初戀故事。

「我大學時念日文系，當兵回來後考進一家日商公司，有一次公司派我到日本總公司出差，因此認識在同一公司上班的葵，她是一個溫柔的女孩，我一見到她就很喜歡她，可惜當年我沒勇氣追求她，我實在太喜歡她，怕被她拒絕，所以一直不敢開口問她是不是願意到台灣玩。我回到台灣後，常常寫信給葵，葵總是很快回信，我們兩個書

福

信往來雖頻繁我仍不敢讓家人知道，直到有一天，我媽媽問我，是不是在日本認識什麼朋友，因為常常收到日本寄來的信，這時候我才跟家人說，我有一個很喜歡的女孩子，我們在同一間公司上班，只是她在日本上班我在台灣，她叫葵，人很好，我打算請她到台灣玩幾天，結果我媽媽沒說什麼。但是幾天以後，我爸爸找我去說話，他說，和外國人結婚問題很多，語言該怎麼辦，我們家只有我會說日語，如果她無法和大家溝通以後怎麼當一家人，何況她一個人嫁來台灣，會很孤單，娘家又那麼遠，結婚不是旅遊，短短幾天就結束，語言不通也不會有太大的問題，結婚是一輩子的事，要適應的事很多。都怪我沒勇氣堅持，或是想辦法說服我爸爸，這幾年我在臉書找到葵，我們變成臉友，我才知道原來她到現在仍沒有結婚。」

2 成為浪浪

老爺爺像往常一樣，一邊澆花一邊說他和葵的故事，葵在屋裡透過窗戶看到幾隻蝴蝶飛進院子，他的眼睛跟著蝴蝶轉，忽然院子裡砰一聲，好大的響聲，葵看到老爺爺躺在地上，老爺爺手上的水管也掉在地上，水流滿地，老爺爺身體濕了，幸好因為葵一向聽話，所以老爺爺到院子澆花不曾鎖門，葵的前腳推門，門一推就開了。

葵跑去老爺爺身邊叫。

「老爺爺，老爺爺。」

老爺爺對葵的叫聲毫無反應，老爺爺不省人事，任憑葵喊破喉嚨也聽不見，醒不過來，葵很急，他圍著老爺爺轉不停。

「老爺爺，老爺爺。」

葵不停叫著，叫聲又急又大，終於引來鄰居們的注意，好幾個鄰居過來按電鈴。葵的一雙前腳不停抓大門，他必須把大門抓破鄰居才能進來，葵雙腳不停抓門，直到前腳意外碰到按鈕，大門被葵打開，鄰居進來看見老爺爺躺在地上，有人關水龍頭，有人打電話，有人跟老爺爺說話。

沒多久救護車到了，老爺爺被載走。

葵跟在救護車後面跑，救護車一路發出喔咿喔咿的聲響，葵緊跟救護車的聲音跑，可是救護車不必停紅綠燈，又開得很快，葵在人行道上跑，他必須停下來等紅綠燈，當他無法即時跟上救護車，他想起媽媽的交代，他改以老爺爺的味道為追尋的目標，馬路上有各種聲音，味道又非常混濁，他必須專心聞味道和儘量聽救護車的聲音，好幾次他忘了注意紅綠燈，一味往前跑，差點被車子撞上，路人發出驚呼聲，葵卻一點也沒注意，繼續跑。

救護車停在某一間醫院的急診室門口，葵比救護車晚幾分鐘到醫院，他站在急診室門外不得其門而入，那扇門開開關關，葵站在大門口嗚嗚的哼叫，終於有一次他緊跟一個

人後面進到醫院，一進醫院卻馬上被眼尖的警衛發現，立刻把他趕出去。

警衛站在門口對葵說。

「流浪狗不能進醫院，不，寵物狗也不能進醫院，快點離開，要是我在醫院門口再看到你，我會打電話叫捕狗大隊把你帶走。」

葵聽見捕狗大隊四個字，不用誰趕，嚇得馬上拔腿就跑，他一定不能被任何人抓走，醫院和老爺爺的味道他全記住了，只要確定老爺爺的味道就在醫院裡面，葵放心在離醫院附近，一個不醒目的地方坐下，眼睛緊盯著有老爺爺味道的那一間醫院。

葵等了一天一夜，累了，就地躺下睡覺，睡醒繼續坐著等，幸好老爺爺的味道一直在醫院。葵決定回家，回家等老爺爺可能比待在醫院附近等還要好一些，對他來說，陌生的地方找不到水喝也找不到東西吃，他現在又餓又渴。

葵跟著家中老爺爺的味道走，但沒多久他發現自己竟然又回到醫院附近，醫院和家都有老爺爺的味道，葵判斷錯誤於是又回到原來的地方，一樣的味道讓葵一再迷路，最後葵決定不用老爺爺的味道判斷回家的路。他開始回想家裡其他東西的味道，老爺爺看電視時會在腿上蓋一條小毯子，這條小毯子老爺爺偶而也會蓋在葵的身上，小毯子有他和老爺爺混在一起的味道，葵決定靠這股混在一起的味道找到回家的路。

這個決定是對的，葵正走在回家的路上，葵不知道跑了幾個太陽幾個月亮，不過他心中很篤定，很快就到家了。

有一天下雨了，雨水雖然沖淡空氣中的味道，葵也被雨淋濕，不過下雨有一個好處，有水可喝。靠著自己和老爺爺混雜一起的味道，葵就要找到回家的路，不過老爺爺的味道他一點也沒忘記，這段時間老爺爺的味道淡了很多，幸好葵一直有聞到，味道停留在同樣的地方很固定。

家的味道很明確，表示他快到家了，他正要加快腳步，但突然停下來，他有點猶豫，老爺爺的味道在移動，葵決定去追老爺爺的味道而不是回家。

他站在另外一間醫院外面，這間醫院和之前那間醫院的味道有些一樣，有些不一樣，這間醫院比較大，進出的人多，同樣是醫院，規矩一定相同，流浪狗不能進醫院也不能在大門口逗留。

葵在醫院附近尋找到一個適合他待下來的地方，一個很大的公園，他決定留在公園守著老爺爺的味道。

公園有水池，不怕沒水喝，公園有好幾個垃圾桶，不怕找不到東西吃，雖然老爺爺一再交代，狗不該吃人類的食物，不過葵不想讓自己肚子太餓，最後餓到沒體力可以跟好老爺爺的味道，所以只要找到吃的，完全不挑剔全部吃下肚子。

他總是利用半夜，公園人少才出來翻垃圾桶找吃的。

除了找吃的，剩下的時間，葵就躲在公園一處隱密的地方。在外面東奔西跑這幾天，他明白一件事，儘量不要出現在人多的地方，公園雖然人來人往，比起在其他地方相對安全。人們在公園時心情都很放鬆，也不太在意流浪狗。

有一天葵剛躺下準備睡覺，眼睛一閉上，他突然站了起來，他聞到老爺爺兒子的味道，就是之前養他的主人。

這個味道雖然三年都不曾出現，但是他絲毫沒有忘記，現在這股味道和老爺爺的味道一起待在同一個地方。沒多久，老爺爺兒子的味道離開了，剩下老爺爺的味道。葵心裡想，如果他到醫院附近守候，說不定能遇到老爺爺的兒子，希望前主人還認得他。

可是葵在醫院附近徘徊很多天，並沒有看到前主人進出醫院。醫院附近很難找到吃的，葵只好再回到公園翻垃圾桶，就在他咬住一塊人們吃剩下的排骨，老爺爺的味道再一次移動，葵顧不得肚子很餓很餓，排骨丟下，飛快跑去醫院，老爺爺的味道在一輛車子裡，他跟著車子跑，這輛車不像救護車會發出喔咿喔咿的聲音，葵必須靠著車子的味道和老爺爺的味道追車。

幸好車子在紅綠燈時必須停下來，這也讓葵一路沒有跟丟。

離開熱鬧的市區，車子上一個小斜坡，葵跟著車子上去，可是這條馬路上只有車子沒有行人，每一輛車子都呼嘯而過，葵嚇壞了，他不知道自己上了高速公路，車子太快他不得不回頭。

一條太可怕的馬路，葵決定走平面馬路，老爺爺的味道時在時不在，葵不管，他就是一直走，走累了，在隱密的地方睡覺，餓了，找到什麼就吃什麼。

葵正式成為一隻浪浪，而且是一隻獨來獨往，沒有加入任何浪浪團體的個體浪浪。

除了睡覺和找吃的，葵從不停下腳步，若是能聞到老爺爺的味道，他就往味道的方向走去，味道消失，他只管往前走就是。

成為浪浪才有機會觀察其他浪浪的生活。浪浪通常是三五隻，或更多隻聚在一起生活，但不管是幾隻浪浪成為一個團體，他一點也不打算加入他們，因為他並不會固定在某一個地方待下來，他要守在離老爺爺味道最近的地方，也因為他沒有加入任何浪浪團體，自然連他們吃剩下不吃的食物也無法分食。

葵再一次聞到兩股熟悉的味道，是老爺爺和前主人的，他馬上跑起來，兩股味道同時在移動，跑了幾天之後，剩下老爺爺的味道，前主人的味道則是飄遠，最後前主人的味道似乎是遁入雲層裡，再也聞不到了。那天晚上，葵抬頭看月亮，心裡想，莫非老爺爺的兒子現在住在月亮？

只要老爺爺的味道還在就好，葵這樣安慰自己。

一路跟著老爺爺味道走了很多天，他終於站在離老爺爺味道最近的一棟房子前面，這棟房子的味道類似之前他聞過的兩間醫院的味道。

老爺爺住進一間養老院，養老院的門禁較不嚴格，葵看了幾天，找到機會尾隨一個人進去，結果才進門就被那人發現，馬上通知養老院工作人員把他趕出去，他站在門外聽見裡面的人說。

「門外那隻流浪狗老是在門口徘徊，我看過他好幾次，麻煩你們多注意一下，別讓他跑進來嚇到我媽媽，我媽媽很怕狗的。」

後來護士經常開門東張西望，葵不得不跑到遠一點的地方守著，老爺爺的味道不再移動，葵也決定找一個離養老院不遠的地方住下來。

葵走在一條小巷子，安靜的小巷很適合他住，他看到一片樹林，葵不費力就跳上去，樹林是一個好地方，隱身在這兒不會被人們發現。巷子旁是摩托車停車場，停車場再過來有一片擋泥牆，擋泥牆後面才是樹林，再沒比這兒更適合浪浪。葵從停車場往上跳才進入樹林，人們不會隨意攀高走進樹林。

葵很滿意這個地方。

3 遇見蝦米

巷子比大馬路安靜，外面那條大馬路車水馬龍，吵鬧加上廢氣排放，空氣混濁，葵時時要確認老爺爺的味道在不在，若在大馬路上就會變得困難許多。

葵把整個樹林走一圈，再一次確認這片樹林沒有其他浪浪出沒，這片地盤算是葵的了，若再有其他浪浪想要住這兒，必須徵求他的同意，這是浪浪的潛規則，先佔為贏。為了熟悉環境，葵會在巷子閒逛，他往大馬路相反的方向走，走到一條人們散步的步道，他從步道旁邊的樓梯下去，下面是一條騎腳踏車的車道，車道兩旁是長得高高的雜草，還有蘆葦，順著雜草中一條樓梯再往下走，有一條小河流。他跟著小河走看到一座橋，橋墩下是浪浪躲雨的好地方，橋的兩旁是整片綠地，好幾處都有浪浪躺在草地上曬太陽或睡覺。腳踏車道旁邊的水泥地上擺了好幾種健身器材，還有小朋友玩的遊樂設施，單槓、搖搖樂造型動物。有水喝，可以躲雨，難怪這兒是浪浪群聚地方。

葵喝幾口水後就離開。

葵找到喝水的地方稍稍安心，每天早上他會走去河邊喝水，黃昏時他也會去那兒找吃的。河堤步道和腳踏車道一直都有人在運動或是散步和騎腳踏車，有人也帶吃的坐在一旁的椅子上野餐，還有附近的建築工人，他們一早先坐在椅子上吃早餐後才去工地蓋房子，葵期待能撿到人們掉地上的食物。

他看過有人拿大包飼料來這兒餵流浪狗，或許這才是浪浪選擇河邊草地住下來的真正原因吧，不必找食物，有人給他們飼料吃。

不管葵跑到多遠的地方找吃的，每天晚上他必會回到小樹林睡覺，平常沒事他就是待在樹林而不會到處亂跑。

有些浪浪對其他浪浪沒戒心，他們會跟葵聊天。每一隻浪浪在主人家的快樂故事都差不多一樣，主人會陪他們玩，帶他們出門散步，買玩具給他們，幫他們洗澡或是送去寵物美容院洗香香澡，剪一個有造型的漂亮毛髮。葵是短毛狗，不需要特別造型，因此都是老爺爺親自幫他洗澡。有的主人還會帶狗狗一起去旅行，狗狗和主人住同一間旅館，只是狗狗會住在專屬的狗房間。

快樂故事差不多一樣，悲傷結局也相同，全是被主人棄養才成為浪浪。被棄養的理由千奇百怪，有的說狗狗會亂咬衣服亂咬鞋子，人們不知道狗狗換牙時和人一樣，牙齦會癢所以才會咬東西磨牙；有的主人生小孩，家裡的長輩說有小孩就不適合養狗，也有主人說自己太忙沒空照顧狗狗。總之，喜歡，就會想辦法克服困難，討厭，就會想辦法找理由棄養，世界的道理就是這麼簡單而已。

成為浪浪之後，大家的共通點是，馬上忘記自己的名字。忘記名字等於忘記自己曾經有個家，有愛他們的家人。忘記名字同時遺忘被棄養的事實，遺忘名字是讓痛苦慢慢遠離的最好辦法。

葵常常找不到食物吃，原本早晚固定兩次去河邊喝水，沒東西可吃的時候，他就會常常走到河邊喝水填飽肚子。

有一天他正在河邊喝水，河裡有很多魚游來游去，葵沒抓過魚也沒吃過魚，他一方面羨慕住在河裡的魚自由自在不需要誰來照顧，一方面想，也許他該練習捕魚的技巧。這時候草地上那邊傳來浪浪輪流狂吠叫聲，狂吠聲中偶而夾雜小狗的哀鳴聲，葵趕緊跑過去。

是一隻小型狗被身高體壯的四隻浪浪圍在中間，四隻浪浪對這隻小狗不停狂叫，小狗嚇得渾身發抖，尾巴垂在大腿間夾起來。

葵對他們大吼一聲。

「你們在做什麼？以大欺小，以多欺少不丟臉嗎？」

原本圍成一圈的浪浪聽到葵的大吼聲，馬上退開但並沒有退得太遠，葵的尾巴平常像一把鐮刀平放在背上，此時鐮刀高高舉起，看起來很有威嚴，他不是這幾隻浪浪的老大，不過他們看到葵的模樣仍懼怕他。

小狗全身發抖，葵站到小狗前面。

「四隻大浪浪欺侮一隻小浪浪，像話嗎？還是你們是在教訓一隻剛加入你們群體而不聽話的新成員？」

「我們的事要你來管，你和我們有關係嗎？你又沒有朋友，每天

獨自來河邊喝水，一天來好幾次，我們沒管過你，浪浪對別的浪浪沒興趣，除非那隻浪浪敢偷或是覬覦我們的食物，我們才會出聲教訓他。」

葵看到地上有一堆飼料，現在出聲講話的浪浪應該是這群浪浪中地位最低的，通常發生事情最先出聲的都是地位最低的，有危險最先衝出去的也是地位最低的，老大只有必要時才會出聲和出手。

「他很小一隻，你們送幾顆飼料給他吃，他就飽的，一大堆飼料分幾顆給他對你們毫無影響，他若不是餓到受不了，哪一隻浪浪不明白浪浪守則，浪浪守則第一條，不可搶食其他浪浪的食物，他冒著生命危險偷你們的飼料，肯定餓到快沒命，同是浪浪不能互相體諒嗎？」

遠處有一隻狗慢慢走過來，這些狗看到這隻狗，馬上退到他的後面。葵知道這隻狗就是他們的老大。老大從飼料堆裡咬了一大口飼料走到小狗面前，嘴裡的飼料吐在地上。

「這些給你吃，浪浪沒有互相幫忙這條規矩，你們兩個都給我記住，以後再也不要來偷我們的飼料，下次被發現偷飼料，我絕對叫他們攻擊你們直到你們落荒而逃，不像今天只是圍住出聲警告而已，要是你們被咬傷，現在可不像從前有家，有家人，他們會急著帶你們去醫院看醫生，浪浪最怕受傷和生病，這點你們該牢牢記住。」

小狗動也不敢動，他抬頭看葵，葵把飼料撥到他前面，小狗馬上囫圇吞棗，沒兩下，地上飼料全吃光。

葵看著他吃完才離開，他回到河邊喝好幾口水，一整天沒吃東西，剛才他拚命忍住才沒和小狗搶地上的飼料吃。水喝多了，等一下走回去，在路上必然尿不停。

從停車場正要往上跳。

「等一下，剛才我在路上看到一塊麵包，咬回來給你吃。」

那隻小狗跟著葵回來，嘴裡還咬著一塊麵包，小狗把麵包放到地上，然後離麵包有點遠的地方坐下。

「你跟著我做什麼？我們之間沒有任何關係，我只是看不慣他們以大欺小，以多嚇少才會幫你，不代表從此我就是你的老大，麵包你撿到的，你吃掉它就是，不必交給我，也不必等我吃剩下你才吃，我又不餓。」

「你哪可能不餓，剛才在河邊你喝水喝好久，你是我的救命恩人就是我的老大，跟著你是理所當然，你的肚子很扁，才不是那種人們嘴裡說的有漂亮的公狗腰呢，你是餓到肚子扁，麵包給你吃，不吃麵包，等一下腿軟你是跳不上去的。」

葵不信，他又不是第一天餓肚子，還不是每天照樣跳上跳下。為了證明自己能跳上去，葵咬住麵包一躍而上，小狗跟在他後面跳上去，他們兩個一起坐在樹林。

葵不客氣，麵包一口吃光。

「我叫蝦米。」

「我叫葵。」

「嚇死我，你是鬼，是死掉的狗，可是變成鬼的狗為什麼還需要吃麵包喝水？」

「葵，向日葵的葵，不是會嚇死你的鬼，你被主人棄養多久？為什麼你還記得自己的名字？」

「我不是被棄養，我是迷路了。我和主人出門散步，我看到一隻蝸牛，就是那種走路很慢很慢身上背著房子的蝸牛，覺得很稀奇，我想，如果我每天背著睡覺的籠子恐怕一步也走不動，我看蝸牛走路看得太專心，等到我發現天黑時已經找不到主人。」

葵不怎麼相信蝦米說的故事，狗對比他小很多的小動物並不在意，尤其在地上走的螞蟻、毛毛蟲等等，除非天上飛的，或是地上跑得很快的動物才會引起狗的注意力，蝸牛走路慢，身上背個房子，狗才懶得理會呢，葵想不起來他曾經在散步時遇到哪一隻蝸牛。

不過葵不想拆穿蝦米的故事，他聽完後淡淡說一句。

「睡覺了，今天天氣好，我們都睡樹下，還好，不會冷。」

4 貓鄰居

蝦米沒再說話，他開始潔毛，先舔前腳的毛，再伸長後腿舔後腿的毛，最後把全身的毛舔了一遍之後，他繼續說迷路的故事。

「我是在運動公園迷路的，專門給狗運動的那種公園，你去過嗎？主人帶我去過好幾次，每一次我到運動公園，主人就會解開我項圈上的繩子，他說讓我自由自在跑來跑去。那天剛下過雨，下過雨的地上蝸牛特別多，我太好奇蝸牛為什麼天天把房子背在身上，背房子走路不累嗎？因為專心看蝸牛，一時沒注意天色暗了，怎樣也找不到主人。趕緊跑出寵物運動公園，路上的車子和行人很多，我完全不知道我家的方向，就這樣我迷路了。」

這是蝦米新版迷路故事，說完故事，他低下頭又繼續舔肚皮上的毛。蝦米一邊潔毛一邊偷看葵，葵閉上眼睛假裝睡著，蝦米說的故事他聽得一清二楚，新版的迷路故事比上次更完整，破綻也比較少，不過葵一聽就知道並不是蝦米成為浪浪的真實故事，是蝦米編出來的。

蝦米看到葵一直閉著眼睛，沒多久聽見葵的打呼聲，蝦米再靠近葵一點，因為黑漆漆的樹林他開始有點害怕。

「我還以為你會問我為什麼不記得主人的味道，不管是頭髮或是衣服，還是主人家任何一樣東西也行，因為我的鼻子天生不靈光，我是朝天鼻，嗅覺不太好。除了香和臭能馬上分辨出來，其他味道我聞起來都差不多。」

葵在心裡默默嘆口氣，浪浪無法接受被棄養的事實，迷路是最好的自欺欺人的理由。迷路可怪自己不小心沒跟好主人，或是出門亂跑難怪找不到回家的路，迷路就不算被棄養只是找不到回家的路。

忘記名字和編故事的原因一樣，不想讓自己為了被棄養而太傷心。

蝦米和葵住在一起，找吃的方面蝦米比葵有辦法。蝦米看起來可愛，尤其是蝦米盯著人們吃東西的表情，楚楚可憐又充滿期盼，沒多久就會獲得一點同情的食物。半根雞腿，或是麵包、餅乾、飯糰等等。

蝦米有食物就會咬回家，回到家就把食物放到葵的前面，然後就坐到一旁等葵開口。

「我說過，我不是你的老大，找到食物快點吃掉。」

蝦米完全不理會葵說的話，幾次後，葵就不再說。

葵總是把蝦米帶回來的食物分成兩份，一樣多的兩份，蝦米那一份還得是葵咬到蝦米前面他才會吃。

「你當浪浪很久了嗎？階級觀念學得這麼徹底。」

「我是天生就懂規矩。」

「這幾天我發現找吃的對你來說並不難，為什麼之前你去偷其他浪浪的飼料，那天你看起來很餓很餓。」

「我想念狗飼料的味道，很想吃狗飼料，我不要吃人類的食物，因此才會餓好幾天，沒有人帶狗飼料給我吃，他們看我可愛只會給我他們手上有的食物，我一直說我想吃狗飼料，給我狗飼料，可惜人們聽不懂我在說什麼。」

現在他們兩個餐餐一起吃飯，葵如果找到吃的也不會當場吃掉，他和蝦米一樣，把吃的咬回樹林和蝦米一起吃。

雖說蝦米找吃的很容易，但總有找不到的時候。

至於葵，他比較常翻垃圾桶，可是現在路邊的行人專用垃圾桶變少了，他要走遠一點才有垃圾桶，往往他走到那，垃圾桶裡能吃的早被其他浪浪咬走，除非剛好有人把剩下的食物丟進垃圾桶，葵剛好在那等著，否則白走一趟是常有的事。

蝦米這幾天都是餓肚子回家。

「好像放假了，最近路上行人變少，一直沒遇到麵包姐姐。」

麵包姐姐是蝦米常會遇到的一個熟路人，因為常給他麵包吃，所以蝦米就這樣稱呼她。過不了幾天，光喝水不足以填飽肚子，葵開始吃路邊的雜草充飢，不過蝦米不愛吃雜草。

「雜草好粗，我根本嚼不爛又吞不下去，草卡在喉嚨很難受，雜草的味道很難聞。」

「這時候你的鼻子倒靈得很呢。」

葵看到蝦米已經很多天沒東西吃，還在挑剔雜草不好吃，這時候他就拿出老大的權威命令蝦米。

「等一下我吃哪棵雜草你就跟著我吃，別亂吃，我怕你吃到不該吃的雜草會沒了命。」

蝦米很聽話，乖乖跟在葵後面，葵咬一口，蝦米跟著咬第二口，葵儘量找軟一點比較能嚼爛的雜草吃。

幸好這種日子跟著放假一起結束，路上的行人和車子又多起來，蝦米又遇到麵包姐姐。麵包姐姐一看到蝦米非常開心，立刻從袋子裡拿出一個塑膠袋，把塑膠袋裡面的東西全部倒在地上，蝦米很快聞到香香的肉味道，是新鮮的肉，而且是烤過的。

「這幾天放假，我出去玩了，今天早上我特別烤雞肉請你吃，原本還擔心今天遇不到你該怎麼辦呢。」

麵包姐姐好心的將雞肉撕成小塊，這樣子蝦米很容易嚼爛但卻無法像雞腿一樣咬了就跑，他只好站在路邊一直吃雞肉，當他看到麵包姐姐手上還沒撕的雞肉，他一口咬住那塊雞肉轉身跑走。

麵包姐姐在後面跟他說的話，他全沒聽見。

「我是要告訴你，我送出調動申請，以後恐怕不能再給你麵包，我也不知道你是否願意當我的家人，如果你會說話該有多好。」

葵喝過水就回到樹林幫蝦米挖地洞，蝦米咬雞肉回到樹林，葵正好把洞挖好。

「幸好你是小型狗，我沒花太多力氣就把地洞挖好。以後你睡洞裡面，身體被包住，對狗來說有安全感，萬一我們找不到東西吃，窩在洞裡對飢餓忍受度比較高。」

蝦米把雞肉放到葵的前面。

「謝謝你，今天常給我麵包的麵包姐姐竟然烤雞肉請我吃，她第一次烤肉請我吃，雞肉很多，可是大部分被她撕成小塊，所以我只能站在路上一直吃，後來我一看她手上拿著最大一塊，我馬上咬了就跑。」

葵聞到烤雞肉的香味就知道，這不是人們吃剩下的，也不是垃圾桶裡找到的，是很新鮮很幸福的烤雞肉香味。

葵想起老爺爺，以前老爺爺也常常烤雞肉給他吃，就是這樣幸福的味道。

蝦米躺進葵幫他挖的地洞。

「很舒服，謝謝你。」

傍晚時，蝦米被一陣遠處傳來的香味吸引而醒來，他的鼻子不停聳著，是飼料的味道。他快速跑出樹林，跑到兩條小巷的交叉路口一棟大樓前面，隔著巷子有一片鋪著地磚的小空地，幾隻浪浪貓圍著吃地上的貓飼料。蝦米本想直接衝過去對他們大聲狂吠，嚇跑貓之後，他再把地上的飼料吃光，蝦米吃過貓飼料，和狗飼料的味道不太一樣，貓飼料多了一些海的味道，那味道蝦米不太喜歡，但現在只要是飼料他都不會挑剔。

貓和狗最大的不同，貓是單打獨鬥而不會群體作戰，如果一對一他不會輸給任何一隻貓，他曾經和貓生活，那是一段不愉快的回憶，不過也因此對貓的習性多少了解。

蝦米正要開口大吼，突然看到浪浪貓旁邊站了一個人，那人手上拿一個空碗，正低頭專心看浪浪貓吃飼料，蝦米馬上後退，悄然回到停車場，躲到一輛摩托車後面，眼睛繼續盯著吃飼料的浪浪貓看。期待浪浪貓不會把飼料全部吃光，貓的胃口一向不大，蝦米覺得自己還是有希望吃到貓飼料。

葵不知何時站到蝦米旁邊。

「剛才你沒衝過去是對的，要是你去追趕浪浪貓，餵貓的人一定馬上用他手上的鐵碗朝你丟過去。這幾隻貓比你早住在這兒，他們是我唯一的鄰居。貓和狗不一樣，浪浪狗如果感受到敵人在附近，通常會先派地位最低的那隻狗出去探查敵情，若是與敵人相遇，必狂吠，先聲奪人是浪浪保護自己的重要守則之一，而且大聲叫可以通知家裡的老大，敵人若不離開，雙方準備打架，躲在暗處的其他浪浪就會陸續加入戰場，只有在最危險的時候老大才會出面和敵人一決勝負。萬一研判形勢對自己不利，老大一聲令下大家馬上撤走。貓不一樣，每一隻浪浪貓都是個體戶，他們不太有地盤概念，不管是曬太陽，睡覺，或是遇到外敵，各自應付，自己就是自己的老大，誰也不必聽誰的，有食物圍在一起吃，也不為搶奪食物打架，可能和他們食量不大有關係吧，台語形容一個人胃口小通常說，你是鳥啊吃（台語），意思是吃得和貓一樣少。」

「貓很狡猾，不像我們狗，忠厚老實可靠，為什麼狡猾的浪浪貓比我們還幸福，竟然有人專門來餵他們飼料，卻沒人想過餵我們，我們不是貓的鄰居嗎？這人難道從沒見過你？」

「沒見過，每次他出現，我必會躲起來，我不喜歡被人注意。你以前被貓欺負過嗎？我看你對貓沒好感。我們走吧，一直看貓吃飼料，越看越餓，那人對浪浪貓很了解，他一次不會給他們太多飼料，就是剛好夠他們吃而已，飼料不會剩下，不要再等了。幸好早上我們吃了一頓好吃的烤雞肉，晚上不吃也不會太餓。真要餓了，今天我們可以走遠一點去別的地方試試。你有聞到許多食物的味道嗎？食物的味道還夾雜人們拜拜時點香拜拜的香味道，如果我沒記錯，今天某一間廟很熱鬧，有許多人去拜拜，可能是進香團或是什麼節慶，以前我和老爺爺一起住，我們家附近有一間廟，老爺爺常帶我去廟口和他的朋友聊天，廟宇之間彼此也會互訪，有時候是神明的生日，廟方會辦桌請信徒一起過來廟口廣場吃飯，今天若是正好有人辦桌，我找到那間廟就能找到吃的。」

葵說完決定去找那間傳來很多食物味道的廟，蝦米跟在他後面走了幾步後，蝦米停下來不停喘氣。

「還有多遠啊？」

「不知道耶，你有發現香味比剛才更濃一點嗎？應該越來越靠近了。」

「我走不動，我去等看看有沒有路人給我吃的，你自己去找，若是找到好吃的，沒帶回來給我吃也沒關係。」

葵不勉強蝦米，蝦米體型小，又不常走遠路，他也不知道還要走多遠才能找到那間辦桌的廟，萬一蝦米在半路上累倒就麻煩了，或是他們走太慢，找到那間廟的時候，辦桌結束什麼也沒吃到，蝦米失望，情緒下降，說不定連走回樹林的力氣也沒有。

「你先回去，有好吃的我一定會帶回去給你吃，萬一今晚我沒有回樹林，你自己睡覺要小心。」

葵和蝦米分手，食物的香氣越來越濃，葵知道他走在正確的方向。

果然沒多久，他站在一間很熱鬧的廟前面，廟前廣場擺了許多桌子，還有信徒在廟裡面拜拜，廟的前方路邊有兩輛遊覽車，看樣子是進香團。扛神轎和一路隨行保護神明的人很多，擺在廟前廣場的桌子也很多。

以前他和老爺爺常去的那間廟，每次辦桌只有兩三桌，恐怕是在地的信徒一起相約到廟口廣場辦桌熱鬧而已。

5 廟口的回憶

葵對廟的味道很熟悉，老爺爺每天黃昏帶他出門散步，等他大小便都解決，老爺爺就帶他到廟口前面廣場坐下和好朋友聊天。

記得他們第一次看到葵，不敢相信一直看葵，葵被看得有點不好意思，乾脆躲到老爺爺身後，嘴裡哼哼唧唧。

老爺爺回過頭輕拍葵的頭安撫他。

「不要怕，他們都是我的好朋友。」

「你這個人烏形（台語的意思是有潔癖），竟然養一隻歐告（黑狗的台語發音）在家裡，這隻歐告不會把你家弄得亂七八糟，隨地大小便嗎？」

「他比你們每一個人都愛乾淨，從來不在家大小便，就算在外面大便，也會屁股向牆壁或是樹幹，大便完了往前走才不會踩到自己的大便，這些都不是我教他，他自己會的，葵天生是一隻聰明的狗，像葵一樣。」

老爺爺說得莫名其妙，只有葵聽懂他在說什麼，自己像自己，這是什麼話。

果然大家聽了全部哈哈大笑。

「真的聽不懂你在說什麼話，葵當然像葵。家裡養隻狗其實也不錯，自己一個人住，每次回家就是一屋子安靜在等門，我光想那份安靜就不想回家。有隻狗在家等你多好，看到你回家馬上熱情搖尾巴歡迎你，像是有家人等門一樣，不過，你給他改名比較好，哪有狗的名字叫鬼的，我聽那些養狗的人都喊他們的狗叫小黑小黃小白，或是米漿豆漿的。我女兒小時候養的狗叫皮蛋，狗如其名，整天在家造反，亂咬東西，皮得不得了。」

「他的名字是有意義的，不可以改。」

「我們一直想問你，為什麼你不跟兒子去美國享福，美國耶，我們都好羨慕你可以住國外，後來知道你不去，我們又替你覺得惋惜，笑你是傻瓜，寧可和一隻狗住一起也不和孩子住一起。」

「你為什麼不搬去台南和你兒子住一起？」

「前年我兒子說他在台南買一間透天厝，要接我去住，我也是一口回絕，這裡我住一輩子，人老了，還要適應新環境，認識新朋友，想想就累，人說金窩銀窩不如自己的狗窩，鬼，聽見沒，你的狗窩永遠是天下最好的。」

老爺爺喜歡和朋友聊天，每一次到廟口見到老朋友，老爺爺就笑得特別開心。葵總是安靜坐在老爺爺的腳邊聽他們聊天，偶而聽到有人提到他的名字，葵才會豎起耳朵或是抬頭以充滿疑問的眼神看大家。

「養一隻狗真不錯，葵每次一到廟口就會安靜坐在你腳邊，不吵也不鬧，比一個孩子還乖。」

聽到別人稱讚葵很乖，老爺爺會摸葵的頭再摸下巴，葵最喜歡老爺爺摸他的頭和下巴，這是老爺爺對他的愛和稱讚，葵會把頭歪一邊，閉上眼睛，頭躺進老爺爺的手掌心享受最幸福的一刻。

「這隻鬼還會跟你撒嬌，難怪你對他那麼好。」

「晚上有辦桌，你和鬼都留下來一起吃。」

「是葵不是鬼，不要亂叫，我先帶他回家再來吃辦桌，辦桌的食物沒一樣他能吃，留在這兒聞香流口水太可憐，今天我有幫他加菜，剛才出門前烤好雞胸肉，晚上多吃雞胸肉少吃飼料。」

葵聽到老爺爺說已經烤好雞胸肉，口水都流下來。

今天吃的烤雞肉香味和老爺爺烤的雞胸肉差不多。葵想到還是會流口水。每一間廟的味道差不多，葵站在廟口一時以為自己回到從前老爺爺常帶他去的那一間廟。不過廟口廣場的人潮中並沒有熟悉的人的味道，葵知道這間廟和他以前常去的不是同一間廟。

廟口廣場擺了好幾桌，吃飯的人也很多，葵原本以為他能聞到一兩個認識的人的味道。這樣至少有機會聽到老爺爺明確的消息，不像現在只能聞老爺爺的味道確定老爺爺住在某處，其他都不知道。

「這隻流浪狗從剛才到現在一直坐在那看我們，實在很乖，不像有些流浪狗，會凶人，討吃的要像他一樣安靜才不會嚇到人，不知道

他會不會咬人？這隻狗看起來和其他流浪狗不一樣，說不定是有人養的，很有規矩，說不定是走失的狗。」

有人拿豬排走到離葵有點遠的地方，他把豬排放到地上就走了，雖然看也沒看葵一眼，葵還是很感謝有人給他一根豬排吃。葵先是聞著肉香，沒動，其實他很餓，但是如果馬上站起來吃豬排，大動作肯定嚇到其他吃辦桌的人。人們對大型狗的戒心比較大，人們一旦心生害怕，可能會拿掃把趕他。等大家忙著吃自己桌上的飯菜，不再注意他，葵才默默站起來咬走豬排，離大家有些遠的外面坐下來吃。

葵想起老爺爺說過的話，人吃的食物狗最好都不要吃，可是現在他若不吃就會餓死，他無從選擇。葵慢慢啃咬這根豬排，很有滋味的豬排，是他聞過但沒吃過的味道。好幾個人一邊吃飯一邊回頭看葵，他們看到葵在吃豬排，連豬排的骨頭都吃光光，有人又拿一大塊雞肉放到葵前面，葵也把雞肉吃光，雞骨頭他沒吃，老爺爺對他說過，雞骨頭和豬骨頭的結構不一樣，雞的骨頭吃進肚子可能會刺傷狗的胃和腸。

「你們看，這隻狗真聰明，只吃雞肉不敢吃雞骨頭，剛才那道筍絲腿庫肉，還有沒有剩下，全部打包裝塑膠袋給他，看他會不會整袋咬走，只有這隻狗知道我們今天辦桌，肯定神明對他指示要他來吃拜拜，或許是神明帶他來，神明慈悲可憐流浪狗，我們多給他一點也是應該的。」

人們拿塑膠袋裝了一整袋的肉放在葵的前面，葵咬起塑膠袋就離開，他要趕快回家，蝦米獨自過夜他不放心。

葵咬著塑膠袋快速跑回樹林，回到樹林看到蝦米睡在他的地洞，葵把塑膠袋放在洞口附近，蝦米沒多久就醒來。

「肉的味道，你找到那間廟了，他們請你吃這麼多東西，葵，你真的很厲害，鼻子就是食物雷達，準。」

蝦米吃飽，塑膠袋裡面還剩下許多肉，葵把塑膠袋咬到他的洞裡放著，這些肉省著吃，可以吃上兩天沒問題。

難得吃到肚子飽，加上這天晚上的月亮圓又亮，葵記得老爺爺晚上看到圓圓的月亮都會說一句，今天十五了。

美好的晚上，適合說故事，也適合聽故事。

蝦米吃飽坐在葵的旁邊，開始說他的故事。

「主人家裡原本養一隻虎斑貓，之後主人又抱我回家，我的加入讓虎斑貓很不開心，對我充滿敵意，我剛到家裡的第一天早上，家裡沒人，他突如其來賞我一個拍頭掌，幸好我躲得快，他只拍到我頭上的毛沒有打到我的頭。晚上主人回家，他當著主人的面打我的臉，這次打到了，我的臉好痛，沒想到主人看見卻哈哈大笑。

「『小可愛，你不要欺負蝦米，他比你小呢，你是哥哥他是弟弟，哥哥要愛護弟弟，以後要相親相愛，知道嗎？』

「我把主人說的話聽進去了，可是那隻虎斑貓卻沒把主人的話當一回事，我試著當他的朋友，可是他見了我就生氣，我若靠近他，他全身的毛馬上豎起來，我對他沒惡意也沒想找他打架，他就是要凶我。慢慢我放棄當他朋友的想法，也不再找他，見到他我就快跑離他遠遠的，晚上主人回家，主人抱他看電視，我在自己的窩睡覺。

「大半年過去，虎斑貓竟然無緣無故開始掉毛。

「『你們在家打架嗎？為什麼地上這麼多毛？可是西施不會掉毛。蝦米，說，你抓虎斑貓才把他的貓毛抓得滿地都是，對吧？弟弟欺負哥哥，不可以喔。』

「『我沒有。』

「『唉唷唉唷，做錯事還敢大聲回嘴，現在是晚上，不要亂叫，鄰居會抗議，白天你八成就是這麼大聲嚇小可愛，他才會嚇得一身毛掉滿地，別再嚇貓。』

「又過一陣子，虎斑貓開始在屋裡大小便，我聞到屋裡貓的尿味道還看到貓大便，特別去問他。

「『你為什麼不去貓砂大小便，把屋子弄得又髒又臭。』

「主人回家看到地上的尿就罵我。

「『蝦米，你怎麼會在家尿尿呢，家裡也需要佔地盤嗎？壞壞。』

「後來看到貓大便，主人去檢查貓砂才想起來，這幾天貓砂都是乾的，他終於明白虎斑貓在屋裡大小便的事。主人馬上帶虎斑貓去獸醫院，醫生說，虎斑貓因為跟家裡養的狗吃醋才會故意隨地大小便，為了引起主人的關愛。那天以後，主人除了帶我出門大小便，都不會陪我玩，可是他常常拿老鼠棒逗虎斑貓開心，我是不在意，和虎斑貓比，我比他幸福呢，他不敢出門我卻天天出門散步，我在路上會遇到很多狗友，我們會聊天，聞一聞彼此身上的味道，我就是和狗友玩得太高興，追來追去，打打鬧鬧真有趣，天黑我發現自己迷路，找不到主人也認不得回家的路。」

這個故事內容接近事實，葵算了一下，這是蝦米迷路第三版，除了迷路是假的，其他應該都是他在主人家發生的真實故事。

葵還是和以前一樣，故事聽完，沒有提出任何質疑，伸出前腳拍拍蝦米的頭。

「沒關係，一個天空下，原本就住著各式各樣的動物和人類，每一種動物有專屬自己的故事，沒有一個故事是一樣的。現在我們和浪浪貓是鄰居，他們對我們來說，最大優點是不會關心周遭的事物，包括我們在內，他們對地盤沒有強烈的概念和佔有慾，你坐到任何一隻貓旁邊，他不喜歡你只會跑開而不會出聲吼你離開，或是叫其他貓過來圍攻直到你離開為止，貓有很多優點，你千萬不要因為某一隻虎斑貓而欺侮其他浪浪貓，我第一次見到你，我跟其他浪浪說過的話，你記得嗎？」

「同是浪浪不能互相體諒嗎？」

「你記住了呢，你說的那隻虎斑貓叫什麼名字？該不會就叫小可愛吧？」

蝦米沒回答，他躺下伸了幾次舌頭就睡著了。

果然遺忘是醫治傷心事最好的一帖良藥。

6 全台灣走透透的浪浪

葵在半夜被窸窸窣窣聲吵醒，醒來看到蝦米被裝肉的塑膠袋套住身體，露出半個屁股在外面，蝦米在塑膠袋裡進退不得。

葵趕緊以腳壓住塑膠袋前面，蝦米慢慢後退才離開塑膠袋，蝦米不停大口喘氣，舌頭伸得很長。

「要是你再沒醒來，我一定會被這個塑膠袋悶死。」

「塑膠袋實在不是好東西，差點要了你的命，你為什麼鑽進塑膠袋裡面。」

「我不是鑽進塑膠袋，我是想吃裡面的肉，結果頭伸進去就出不來，越掙扎身體越往裡面去，大聲叫，聲音被塑膠袋悶住出不來。」

葵把塑膠袋裡的肉全部咬出來，再把塑膠袋咬到樹林另一邊，挖了一個洞把塑膠袋埋進去。

回到地洞，葵又聽見一個極微小的嗚咽聲，葵看蝦米，蝦米吃完肉躺在地洞睡著。整個樹林他巡一遍，沒發現其他動物闖進來，他走去停車場，看到其中一部摩托車旁邊躺著一隻狗。

葵跳到停車場，走到那隻狗身邊。

「你的身體不舒服嗎？你是迷路或是浪浪？」

「浪。」狗躺在地上虛弱的回答。

「你的腳受傷或是生病沒力氣站起來？」

「我沒有受傷也沒有生病，只是很多天沒吃沒喝，又走很多路才走到這兒，累得站不起來，剛才我聽見你們的對話，本想跟你們要點肉吃，卻連叫的力氣都沒有。」

「幸好我醒著，否則你這種虛弱叫聲我可能聽不到，可是你奄奄一息躺在停車場，明天早上經過的人們肯定打電話給捕狗大隊，到時候你要倒大楣，不知道他們會怎樣對待看起來像是生病的浪浪，我先咬一塊肉下來給你吃，你有力氣站起來再跟我回樹林。」

葵回去咬一塊肉給這隻浪浪吃，吃了肉再休息一會兒，陌生浪浪試著站起來，雙腳在發抖，站起來馬上跌坐地上，又過一會兒他再站起來，這次好一點，沒再跌倒，葵咬住他的背奮力往上跳，一次就成功進到樹林。

蝦米完全沒有發現樹林裡多了一隻浪浪，葵和陌生浪浪坐一起。

「你看到的這隻睡得不醒人事的浪浪叫蝦米，看到他睡覺的模樣，有一種世界寧靜又和平的感覺，世界上彷彿沒有壞事。你是路過還是無目的亂走，剛好走到這兒？」

「我是沒有目的四處流浪的浪浪，變成浪浪第一件事是忘記自己的名字，剛才我聽你喊他蝦米，他還記得自己名字？」

「忘記名字是為了忘記悲傷和痛苦，同樣的，記住名字也是為了記住快樂和幸福，我叫葵，你一定是忘記名字的浪浪。」

「其實剛開始我也很害怕自己忘記名字，我怕主人找我，叫我的名字我卻不知道他在叫我，這樣豈不是錯過回家的機會，可是一天一天過去，我在外面待越久，又跟其他浪浪聊天，稍稍知道自己應該是被主人棄養了，從那一天開始我就記不得名字。但不知道為什麼，我總是一直往家的味道方向走去，我一直走，一直走，家的味道卻是飄來飄去不固定，所以我去過很多地方，高雄，台南，斗六，新竹，桃園，後來我在某一間早餐店門口意外聽見客人聊天才發現，原來我是一隻環島浪浪，為什麼我從南走到北，可是仍找不到回家的路？這點我就不明白，我徹底死心，之後再也聞不到家的味道。」

「你走過這麼多地方啊，難怪看起來很疲憊，家的味道應該不會飄來飄去，老爺爺的味道就算移動，最後也會固定在某一個地方，就像現在，如果我往月亮正在走去的方向聞就會聞到老爺爺的味道。」

「我也不知道，或許我的主人存心不讓我找到他，所以他在每個地方都留下味道就為了騙我騙得團團轉吧。」

「今天晚上你先睡我的地洞，以後的事睡醒再說吧。」

葵睡在蝦米的洞口旁，這樣蝦米一早醒來看到的是他，否則一隻陌生的狗在葵的地洞，蝦米保證瞎緊張亂叫起來。

小型狗比較神經質，真是一點也沒說錯。

隔天早上蝦米睜開眼睛看到葵，還沒覺得有什麼不一樣，等到他站起來看到葵睡覺的地洞有一隻陌生的狗，果真叫了起來。

「噓，別緊張，他只是一隻累了的浪浪，暫時和我們住。」

「你認識他，還把地洞讓給他睡，所以現在他是我們兩個的老大？」

「他虛弱得連站起來都有問題，你叫了幾聲他都沒反應，怎麼當老大，他從高雄一路走到我們這兒，趁他還在睡覺你幫我一起挖一個新的地洞，以後給他睡。」

「早上起床我還沒洗臉呢。」

蝦米兩隻前腳在臉上洗來洗去，每洗完一次他就用舌頭把腳掌舔一次再洗臉，好不容易整張臉都洗過一遍。

「等一下挖地洞又會把臉弄得全是泥土，現在洗臉不是白洗嗎？而且你洗臉從來不把眼屎洗乾淨。」

葵用舌頭把蝦米臉上的眼屎一一舔掉，同時把蝦米臉上的毛弄整齊。

「西施果然是很漂亮的狗，雖然你是浪浪也不該浪費你的美麗。」

蝦米的確不擔心他的臉上會因為挖地洞被泥土弄髒，因為葵一開始用力挖土，蝦米馬上逃得遠遠的。葵挖地有力又快，弄得漫天泥土到處飛揚，蝦米離遠一點，否則被亂飛的泥土打中必成為一隻泥巴狗。

「他在做什麼？」

陌生狗不知道何時來到蝦米旁邊。

「幫你挖睡覺的地洞啊，葵說，狗被包起來的時候最舒服也最有安全感，同時可以忘記很多不愉快的事，包括餓肚子和傷心的往事。

你看起來好老，你幾歲了，叫什麼名字？」

「我忘記名字，也不知道幾歲。」

「忘記名字，以後要怎麼叫你？」

「浪萬，以後他的名字就叫浪萬，萬在英文的意思是1的意思，他是我幫浪浪取的第一個名字。」

地洞挖好，葵過來和蝦米、浪萬坐在一起，蝦米聽見葵已經幫這隻陌生的狗取好名字，非常開心，蝦米喜歡浪萬這個新名字，浪萬浪萬叫個不停，不過浪萬對自己的新名字卻沒有任何感覺。

「浪萬，我們一早醒來通常先去河邊喝水，再去找吃的。」

「喝水的地方很遠嗎？我有點口渴，又怕走路太慢影響你們，你們先去。」

「可是你知道喝水的地方在哪嗎？」蝦米不太放心看著浪萬。

「我會聞著你們的味道，跟著走就錯不了，我流浪很久，這點本事還是有的。」

「也好，我們兩個都是身型高大的狗，走在一起，路上行人看到難免害怕。人們一旦心中害怕我們，就會想要驅趕我們，你是老資格浪浪，我不用多說明你也知道浪浪求生守則，你獨自行動我很放心，不像蝦米，讓他獨自行動我就是擔心。」

「你千萬不要偷吃其他浪浪的飼料，他們會跟你拚命，你一個打不過他們。」

蝦米很認真交代浪萬，葵和浪萬同時笑了。

浪萬精神比起昨天躺在停車場好很多，但葵心中仍隱隱擔憂浪萬的身體狀況。

7 乞丐王子蝦米版

葵和蝦米在河邊喝水。

「浪萬看起來又累又老，不知道他幾歲了，被主人棄養的事他一點也不傷心，他是一隻認命的浪浪。最近你還有聞到老爺爺的味道嗎？」

「當然有，若是老爺爺味道消失，我早離開樹林去找老爺爺了。浪萬流浪很久，他又一直走路沒有固定一個地方住下來，有一餐沒一餐，人類的食物會加速我們身體的老化和器官的損壞，我很擔心他的狀況，這幾天你要多注意他的行為，有食物記得咬回家就給他吃，他吃剩下我們才吃，如果看到他在樹林比較隱密的地方拚命挖土，就要快點跟我說。」

回家路上，蝦米看到鄰居浪浪貓全出來躺著曬太陽，每一隻相隔一小段距離，天氣真好，一早就有大太陽，暖烘烘的陽光正是貓最喜歡的溫度。

「以前主人養的虎斑貓常常坐在窗台曬太陽，看著窗外，坐很久都不動，有一次我趁他睡著，學他坐到窗台往外看。看風景哪比得上天天出門散步走在風景裡有意思，他一坐就是大半天，貓的奇怪行為狗無法理解。」

「貓不喜歡出門，自然坐在窗台看外面囉。」

「每一次我靠近他，他全身的毛就豎起來，尾巴還往上翹，那模樣很像一隻縮小版的老虎，挺嚇人的。主人常常提醒我，要我離小可愛遠一點，聽說我越靠近他，他越容易得憂鬱症。」

蝦米的故事總說不完，這代表蝦米並沒有忘記他的主人。他們在叉路前分開，各自走不同的方向找吃的，分開找食物機會比較大。分手前，蝦米對一輛路邊停車的汽車聞聞再嗅嗅，最後抬腳對輪胎尿尿。

「你這麼喜歡這輛汽車，還做記號。還是你覺得以尿宣示這台車的輪胎是你的，有助於找到更多吃的？」

「這輛車子的輪胎聞起來舒服，有一種熟悉感，給它一個記號，下次再遇到這輛車我就認得它。」

也許這輛車真是蝦米主人的車也說不定。葵對沒把握的事不輕易開口，他沒把想法說出口，希望越大，萬一錯了，失望也越大。

葵沒想錯，這輛車的確是蝦米主人的車子，他正好到附近辦事，把車停在路邊停車格，可惜，他人不在車裡，蝦米的鼻子又不靈光，沒聞出車子裡有主人的味道，他只對輪胎的味道有熟悉感。

蝦米運氣不錯，有一個路人一手拿麵包一手拿牛奶，口袋手機響起，他拿麵包的手伸進口袋拿手機，手機差點掉地上，為了握緊手機，手上的麵包掉到地上。蝦米一看到地上的麵包馬上跑過去咬住。

那人看見蝦米咬住麵包，蹲下來對蝦米說。

「謝謝你，不然我還要把麵包撿起來拿到公司丟垃圾桶，公車站牌附近沒有行人用的垃圾桶啦。」

麵包太大塊，蝦米先吃掉幾口再咬麵包跑回樹林，葵已經回到樹林，蝦米把麵包放在葵前面，葵把麵包分成兩份。

「一塊給浪萬，一塊給你吃。」

蝦米把放他前面的麵包又推到葵的前面。

「我剛才吃掉幾口，因為麵包太大我咬不動，這塊我們各吃一半。」

「就這一點麵包，你吃了就好，中午太陽很大，我再到附近幾間小吃店逛逛，有時候老闆會把客人吃剩下的肉丟到門口給我吃。」

「可是你不吃我不敢吃。」

蝦米的堅持葵拿他沒辦法，蝦米對階級的執著比石頭還要硬。葵一口吃掉自己那一份，蝦米也很快把自己那一份麵包吃光。

浪萬快到中午才回來，嘴裡咬著一塊肉，他把肉放到葵的前面，然後坐到一旁。

「浪萬，蝦米不懂事你還學他，我不是你們的老大，以後找到食物就地吃了吧，大家已經很餓還要咬食物回來交給我分配，蝦米也咬了一塊麵包回來，我留一塊給你，多吃一點你的體力才能快一點恢復。」

「我們三個住在一起就是一個團體，一個團體裡不能沒有老大，萬一其他浪浪來了，知道我們是各過各的，必會來欺侮我們或是搶我們的食物，如果我們是一個團體他們就不敢對我們怎樣。」

浪萬流浪經驗豐富，他說的話有幾分道理，葵不再和他爭辯，為了大家好，葵願意當老大。葵把肉分成三塊，他吃掉其中比較小的那一塊，蝦米吃完麵包舔舔嘴，把分給他的肉咬到浪萬前面。

「我吃不下了，你吃吧，你看我的肚子，圓圓的，表示吃得很飽。」

他們三個看起來是一個團體了，有時候三個一起出現，遇到其他的浪浪，再也沒有浪浪敢過來找他們麻煩，或是吼他們離開。

浪萬雖然體力比他們兩個差，但他流浪經驗豐富，全台灣走透透的浪萬對於找吃的特別在行，在他的教導之下，現在他們一天至少有一餐會找到吃的，不再需要喝水果腹過日。

雖然如此，他們仍習慣天未亮先去河邊喝水，接著找吃的，早上不會在外面逗留太久，因為早上的馬路和行人都很忙碌，如果走一圈沒找到可吃的就不再走去更遠的地方，他們會直接回樹林休息。葵的目光總是看向熱鬧不已的馬路那一頭。他聽到父母催促孩子走路快快快的急促說話聲，聽見行人追公車的快速腳步聲，公車進站的煞車聲。

葵期待能聽見老爺爺的聲音，聲音雖然比味道更快消散在空氣中，不過比起味道，聲音更容易幫忙定位說話的人所在的地方。葵隨時都會確認老爺爺的味道是否還在他能聞到的範圍內，如果老爺爺的味道消失，他就會馬上離開樹林去之前他去過的那間屋子前面，幸好他快要到房子時又聞到老爺爺的味道。

樹林前面的小巷，早上來往的人和車比起外面的大馬路少很多，每天走動的人和車差不多一樣，人類像蜜蜂一樣，有固定的生活模式，在固定時間走在固定的路線去固定的地方工作或讀書。

這天小巷出現難得的陌生味道，葵機警馬上跑出樹林躲在大樹後面注意停車場的動靜，沒多久浪萬和蝦米也到他旁邊，浪萬全身的毛豎起來，尾巴向上高舉，他聞到寵物狗的味道，這股味道越來越靠近樹林，葵看到一個從來沒出現在這條巷子的人，手上牽了一隻和蝦米長得一模一樣的西施狗。

陌生的狗和人，走在鋪設地磚的人行道上面，西施狗項圈上的繩索被解開，西施狗開心四處跑跳，又抬腳尿尿，可是不管怎樣跑，西施狗總是緊跟在主人後面而不會離得太遠。

浪浪貓的其中一隻黑色的貓，如閃電一樣，從西施狗旁邊咻跑過去，貓從人行道跑過馬路，經過停車場再輕巧跳上往樹林去，手腳俐落快速爬上一棵大樹。這隻西施狗竟然追著浪浪貓一路追進樹林，西施狗站在樹下對樹上的貓狂吠。

「我看到你，你是貓，快點下來，我命令你下來。」

說時遲那時快，蝦米原本坐在浪萬旁邊，忽然他跳到停車場再跑過馬路，站到西施狗的主人後面，同時抬腳尿尿。

葵和浪萬知道蝦米的打算，他們顧不得被發現的危險，同時跳到停車場大聲對馬路另一邊的人行道上的蝦米叫喊。

「蝦米，不可以，快回來，不可以假扮這隻西施狗跟他主人回家，蝦米，回來，這樣是不對的。」

「蝦米快回來，萬一你被人類發現你不是他的寵物你就完了，你會二度被棄養，到時候你的傷心絕對比第一次更嚴重，你受不了的。」

西施狗主人聽見葵和浪萬輪流不停狂吠，嚇一大跳。

「太可怕，這條路上竟然有流浪狗，還是兩隻這麼大的狗，挺嚇人的，吉米，我們快離開這兒，嚇死人，我抱你，我們快點走。」

主人彎腰一手抱起蝦米，頭也不回快步離開。

葵和浪萬的狂吠聲引起站在樹下對黑貓叫囂的吉米注意，他們也想到了，馬上回樹林，他們知道吉米情急之下會跑出樹林，而他的主人這時候已走遠，吉米追不上，他們得拉住和安慰吉米不要難過，他們會想辦法幫他回家。

果真，吉米看到主人的背影離他越來越遠，馬上跑出樹林，正要跳下停車場，浪萬咬住他的尾巴，吉米掙扎叫著。

「放開我，放開我，主人走遠，我要快點跟上他，我不認得回家的路，我也記不得主人的味道。」

葵帶著同情又有點嚴肅的表情站到吉米前面，吉米看到葵嚇得馬上低下頭尾巴下垂，葵的身體比他大很多，看起來又凶，尾巴像是一把大刀，一把有很多黑毛的大刀，他的尾巴應該沒有割不斷的東西。

「你追不上你的主人，鼻子天生不好，現在出去找不到回家的路，到時候你會成為一隻落單的浪浪，走在路上對你來說很危險，你實在太小一隻。」

「我走過很多地方，當浪浪很久，葵說的危險我都遇過，我看過像你一樣的小型狗被欺負的慘狀，你暫時留在樹林，我們一起想辦法幫你回家，蝦米跟你的主人走了，他這樣是不對的。」

吉米沮喪的哭起來。

8 天真的吉米

「我不該忘記主人的話，他交代過，出門散步要是繩索解開，我一定一定要跟在他身邊不能亂跑，我從沒看過跑得像閃電一樣快的黑貓，太神奇，和我住在一起的貓，我叫他大笨貓，他的動作總是慢吞吞，看到閃電一樣的貓從我身邊經過，而且還是一隻會爬樹的貓，他又不是猴子，爬樹本領真厲害，我以為離開一下應該沒有關係，才一下子主人竟然自己走掉不要我，還是他今天故意走一條以前從來沒走過的巷子就為了不要我，他放開繩索不是讓我自由自在的散步和大小便，而是準備棄養我，原來今天是我被棄養的第一天。」

說到後來，吉米傷心哭起來。浪萬把吉米拖進蝦米睡覺的地洞裡，吉米越哭越大聲，這對他們三個都不是好事，就算沒引來其他浪浪的注意，可是浪浪的哭聲必會引來人們的抗議，人們太注意浪浪對浪浪是危險的，安靜無聲是浪浪保命的重要守則。

「你不要再傷心，不要哭了，你的主人沒有棄養你，不過很奇怪，他為什麼分不清你和別的狗，隨手抱起別隻狗就走掉，至少看一眼抱起來的那隻狗是不是自己的狗。」

「原來我的主人是抱錯狗不是不要我，我的主人出國旅遊很久，最近才把我從狗旅館帶回家，可能是和我分開太久，一時才會把我和其他狗弄錯。」

吉米知道自己不是被棄養，心情馬上變好，他不再哭，從地洞出來和葵、浪萬坐在一起。

「你安心和我們待在樹林，這兒很安全，你家主人雖然是第一次走這條路，以後應該也會再走這條路，等到下次他帶蝦米來，我們會想辦法讓你和蝦米身分交換回來，各自歸位。」

吉米聽不太懂葵說的話，他正在評估眼前兩隻大狗。三隻狗當中他的地位最低，他必須服從他們兩個，他們會不會要求他去找吃的，他要去哪找足夠的飼料給兩隻大狗吃，到時候找到飼料他們會留一些給他吃嗎？

「我知道我是這兒最小的，可是我不知道怎樣找吃的，我也分不出你們兩個誰是老大？你們可以教教我嗎？」

葵笑了，一樣是西施，第一天當浪浪的吉米比起蝦米單純多了。

「我們看起來像一個團體，只為了方便出去找吃的不會被其他浪浪欺侮，我們之間沒有真正的階級問題，餓了全靠自己本事找吃的。」

「找吃的？這條路上的飼料藏在哪？以前我的主人常和我玩藏零食的遊戲，他會把餅乾和小肉乾藏起來讓我找，可是我都找不到，主人看我忙著到處找卻找不到的焦急模樣就哈哈大笑，他比著我的鼻子說，你的鼻子很差，怎能當一隻狗呢，最後他把藏著的零食直接拿出來給我吃。所以如果要我去找飼料，我一定找不到，乾脆你們告訴我飼料藏在哪。」

葵和浪萬互看一眼，不知該怎樣跟第一天當浪浪的吉米說明白，浪浪是如何討生活。

「浪浪基本上不太可能找到狗飼料，除非你待在固定地方，等待愛心人士在固定時間餵食，我們通常找到什麼吃什麼，沒得挑選，我們找吃的方法，大部分撿人們掉在地上的食物，或是翻垃圾桶。」

「我們什麼都能吃，沒關係嗎？我的主人常常拿他吃的東西威脅我，害我以為狗能吃的才那麼一點點而已。他最喜歡拿炸雞給我聞，我剛要咬炸雞他馬上拿走，他說，吉米，香噴噴的炸雞你不能吃，吃了會死翹翹，結果他自己大口吃，炸雞的香味光是聞著都能流口水；再不然就是拿剛出爐的麵包對我說，吉米，麵粉發酵做成麵包，你吃了會死翹翹。沒想到當浪浪什麼東西都能吃，當浪浪看來也不壞，有口福，主人以前也拿流浪狗三個字威脅我，每當我和大笨貓吵架，主人就說他要讓我變成流浪狗，看我還敢不敢在家亂叫。」

葵嘆口氣，下巴擱在前腳趴下閉目養神，吉米是天真的西施，他以為當一隻浪浪是浪漫和有口福的好事，亂吃東西是浪浪壽命減短的最大原因呢。

「浪浪的生命都不太長，因為我們什麼都吃，你的主人不是威脅你，他是在保護你，愛你，他說的都是真的。」浪萬點破吉米的幻想，免得他的不當幻想害死自己。

吉米又哭了，直到哭累才躺下睡覺，浪萬和葵不再說話，吉米沒有睡在蝦米的地洞裡面，所以他們兩個分別躺在吉米的兩側，算是包圍他。

蝦米被吉米的主人抱回家，一回到家，主人才發現蝦米的項圈不見了。

「你的項圈掉了，還好家裡有一個舊的，先戴舊的，下次去寵物店我再幫你買一個新的。」

主人拿出舊項圈給蝦米戴上，蝦米緊張得頭轉來轉去看東西。

「乖乖站好，不要動來動去的，讓我好好幫你把項圈戴上，你太久沒回家，對家裡的東西好奇是吧，我不在家這段時間，家裡沒人來住，你的被子、小床、吃飯的碗和喝水的碗，通通擺在原來的地方，沒變。」

蝦米就是怕這些東西擺在原來的地方，可是蝦米現在更怕某一種味道。

「咪咪呢，咪咪，我和吉米散步回來囉。」

就是咪咪的味道讓蝦米緊張，他一進門就聞到貓的味道，他原本期待自己聞錯了，他的鼻子一向不靈光，聞錯味道是常有的事，結果這次他沒聞錯，新家也養了一隻貓，蝦米後悔自己選錯主人，他當時沒有聞到主人身上有貓味道啊。

咪咪出來了，他站在房間門口沒有繼續前進，咪咪以疑惑的眼神看著蝦米，主人一看咪咪出現馬上走過去把咪咪抱起來坐到蝦米旁邊。

「咪咪，你仍然很怕吉米啊，我們是一家人，吉米不會欺負你的，對不對啊，你們很久不見，有沒有想念彼此呢？我在國外旅行最想念的除了台灣的小吃，就是你們兩隻。今天早上我帶吉米去散步，走一條以前不曾走過的巷子，遇到兩隻很大隻的流浪狗，嚇死人，凶得很，不停對我們狂叫，把我和吉米嚇壞了。」

蝦米靠近主人，不停用他的臉磨蹭磨蹭主人的小腿，咪咪看到蝦米靠近馬上從主人懷裡逃脫跑掉，主人順手抱起蝦米，蝦米坐到主人大腿上。

「吉米，這是你在狗旅館學會的撒嬌動作嗎？實在太可愛。我去弄飼料給你吃，家裡沒有狗罐頭，今天只能吃飼料，晚上我再去買罐頭。咪咪，咪咪，你吃飽了沒？出門前我把飼料放在你碗裡，記得要多喝水才不會生病。」

蝦米一聞到飼料的味道急著跑過去，不過蝦米不知道之前那隻狗吃飯習慣是怎樣，他先坐著抬頭看主人。

「這間狗旅館真不錯，還教你吃飯規矩，吃飯吧，吉米。」

主人摸摸蝦米的頭，蝦米馬上低頭狂吃飼料，太久沒吃到美味的飼料，蝦米很快把飼料吃光光，還拚命舔碗。

「你吃得囫圇吞棗，好像很久沒吃飼料一樣，狗旅館沒給你吃嗎？這兒沒人跟你搶吃的，飼料要咬碎才吞下。」

蝦米吃完飼料喝過水，主人已經準備出門上班。

「吉米，咪咪，我去上班囉，晚上見。」

家裡剩下蝦米和咪咪，蝦米在客廳逛一圈，確定家中真的沒有其他人或是狗，他決定去找咪咪。這個家和他以前待過的家不一樣，顯然咪咪很怕狗，他這次不會被貓設計而再一次被主人棄養。雖然他被貓欺負過，他不想為了報復虎斑貓而欺負眼前這隻貓，他找咪咪只是要告訴他，以後大家好好相處。咪咪一直躲在門縫看蝦米，蝦米走到門口，咪咪馬上從門縫衝出來，直接跳上客廳落地窗前面的櫃子。

蝦米聞到房間裡有飼料的味道，和他以前家裡那隻貓吃的飼料味道一樣，蝦米用前腳推門進去，碗裡的飼料沒吃完，蝦米把碗裡的貓飼料全部吃光，以前他是不吃貓飼料的，可是當浪浪之後才發現，天下第一美味就是狗和貓吃的飼料。

9 蝦米的新家生活

蝦米毫不後悔搶了吉米的主人和家，舒服的早晨，吃飽的早上，再一次擁有一個家。蝦米看到地上有一個咪咪喝水的機器，那是活水循環機，之前主人也用這種機器給虎斑貓喝水，主人說，虎斑貓不喜歡喝水，所以用活水循環機讓水流動，流動的水引起貓的注意力，貓自然就有喝水的動力。

蝦米一向是口渴就喝水，不明白為什麼貓對水也挑剔。

蝦米當浪浪，每天早上和葵去河邊喝水，河水才是真正天然的活水吧，不過他討厭喝河水，因為喝水表示肚子餓又沒找到吃的，以討厭喝水的心情來看，蝦米覺得貓比狗適合當浪浪，也許他該慫恿咪咪離家出走。

蝦米走出咪咪的房間，咪咪看到蝦米從他房間走出來，全身毛豎起來，一臉緊張看著蝦米。

「你如此緊張肯定早知道我不是吉米，你很怕吉米對吧，只不過現在你更怕陌生的我，我才不擔心你跟主人告狀，人類反正聽不懂貓語，以後我們兩個和平相處，誰也不必理誰。我不會像吉米一樣欺負你，之前我被貓害慘，害到無家可歸，不過以後每一餐你都要留一些飼料在碗裡，主人給我的飼料太少，吉米胃口很小嗎？和他交換身分之前忘了問他每天吃多少飼料。」

「吉米胃口才不小呢，他只吃罐頭不喜歡吃飼料，所以哥哥給他的飼料少少的，以免他沒吃完飼料受潮丟掉浪費食物，你是怎樣騙過哥哥和吉米交換身分的？」

「哥哥，原來你們喊主人哥哥，這點我要記住。你想知道吉米去哪，偷溜出去找他啊，虎斑貓總是驕傲跟我說，貓的身體很柔軟，腦子很機靈，你可以趁主人開門那一瞬間，從門縫溜出去，外面有一條很大的天然流動的活水可以喝，怎麼樣，心動了沒？」

「你這個小偷，偷走吉米的身分，騙子。」

蝦米不想繼續跟咪咪狗同貓講，完全無法溝通，咪咪看來不是可以當朋友的貓，幸好咪咪怕吉米，蝦米就不用怕咪咪了。

蝦米站在櫃子前估算櫃子的高度，櫃子比樹林和停車場之間的高度還要高出很多，他應該跳不上去，蝦米選擇去坐沙發趴下發呆。當浪浪時他常常在馬路上走路，為了找吃的，為了喝水，所以對窗外的風景沒有一點興趣。

「外面的風景一點也不好看，貓卻是一坐就是半天，你如果當一天浪浪貓，保證永遠不會再想看外面的風景，外面處處充滿危險，家最好，安全又舒適，重要的是有好吃的飼料。」

蝦米對咪咪說話，咪咪完全不想理他，咪咪跑掉躲起來，蝦米伸一個懶腰後開始潔毛，沒多久累了，躺到暖暖的小床，窩著，葵說得沒錯，狗就是要圍著才有安全感，蝦米很快睡著。

蝦米醒來，天色已暗，屋裡看不到咪咪，蝦米把碗裡的水喝光，仍覺得口渴，他決定去喝咪咪的活水。門外有聲音，蝦米走到門邊歪頭仔細聽，是鑰匙開門的聲音，他趕緊後退坐好，同時尾巴在地上左右輕輕搖擺。

哥哥回來了，蝦米看到哥哥馬上圍著他團團轉，哥哥開心的蹲下來摸蝦米的頭和身體。

「吉米，你會等門啦，真乖。」

蝦米享受被撫摸的幸福感，今天跟哥哥後面進門的還有一個陌生的小姐，蝦米不知道這人是誰，但是和哥哥一起回家就是哥哥的朋友，蝦米不敢對這個小姐太過熱情，他先看哥哥再看陌生小姐。

「你看他的傻樣子，好像不認識你，吉米，是曉晨姐姐，你忘記了嗎？曉晨姐姐對你可好呢，她幫你買了很多狗罐頭回來。」

蝦米聽見罐頭開心的繞著主人和曉晨轉圈圈。

「八成在狗旅館餓到了，以前只吃罐頭不吃飼料，現在你看，碗裡沒留半顆飼料，吃飼料完全是狼吞虎嚥。」

曉晨打開罐頭倒在碗裡。

「這次我買了新口味，牛肉蔬菜，希望吉米喜歡。」

蝦米坐著不動，曉晨覺得奇怪。

「他為什麼不吃？難道不喜歡新口味，我買了十二罐呢。」

「他不是不吃，是等我下命令，他變得好有規矩，吉米，吃飯。」

蝦米一聽到吃飯馬上衝過去把整碗罐頭吃光，實在太好吃了，難怪吉米不吃飼料只想吃罐頭，蝦米不曾吃過罐頭，沒想到這麼美味，實在太好吃了，吃完後他忍不住一再舔自己的嘴巴和碗。

「騙子，裝規矩，你又不是吉米，騙罐頭吃。」

蝦米不在意咪咪說他騙子，只要有得吃。可是曉晨聽見喵喵喵叫聲，有點不太高興。

「咪咪，沒事幹嘛亂叫呢，吉米在吃飯不要吵他，過來，姐姐抱抱。」

「騙子，他是騙子，他不是吉米，他不叫吉米。」

「咪咪變得好吵，你一直是安靜的貓，住了貓旅館回來變個樣呢，我也有買你的零食，小魚乾。」

曉晨從皮包拿出一包小魚乾，拿一條小魚乾給咪咪。

「我們是不是出國旅遊太久，感覺這兩隻今天怎麼看都不對勁，一個從不會亂吵，現在好吵，一個對吃飯一向沒興趣，現在卻像餓死鬼一樣。」

「以後吉米再挑食，就送他去狗旅館住幾天，回來保證胃口大開。」

蝦米吃完罐頭，哥哥又倒飼料在碗裡，他照樣吃光，有家真好，餐餐吃飽飽。姐姐抱著咪咪坐在沙發上，蝦米則去姐姐腳旁磨蹭磨蹭，咪咪看見就生氣，不過咪咪不吭聲直接跳走回到自己的房間，進房間前他回頭罵一句騙子，姐姐搖搖頭抱起蝦米，聞聞蝦米。

「吉米，你好臭喔，住狗旅館的時候他們沒幫你洗澡嗎？貓旅館有幫咪咪洗澡，剛才我聞咪咪，他很香，你卻臭得要命，那間狗旅館實在不行，明明我們有給洗澡和美容的錢，說好每星期要幫你洗一次澡，看來不僅沒幫你洗澡，美容也沒做，全身毛髮亂糟糟。」

哥哥湊過來聞蝦米。

「昨天接他回來我沒發現，現在看他真的是一隻髒狗，根本和外面的流浪狗沒兩樣，我現在就打電話預約寵物美容師，星期日送吉米去洗澡和美容。」

哥哥和姐姐吃過晚餐帶蝦米出門散步。哥哥不自覺走到樹林前那條巷子。

「我們之前沒走這條路，今天怎麼會走到這兒，你可以放開吉米的繩索讓他自己跑跑跳跳對身體好，吉米很乖，就算沒有繩索圈住他的項圈，他也不會到處亂跑。」

「還是不要放開吉米比較好，上次我走在這條巷子，遇到兩隻超級大隻的流浪狗，嚇死我，吉米也嚇到了，幸好我馬上抱起吉米，流浪狗的地盤觀念比一般寵物狗還要強很多倍，他們八成以為吉米要來搶他們的地盤。」

「不知道流浪狗都吃什麼過活，你早說，我就帶一些飼料給他們吃。」

蝦米站著不動，哥哥和曉晨看蝦米不動，兩人不解看著蝦米。

「你是不是還記得上次遇到流浪狗的事，所以很害怕，不敢走，我抱你，別怕，我們快離開就是。」

哥哥把蝦米抱起來，葵在樹林老早聞到蝦米的味道，他看一眼吉米，確定吉米在地洞裡睡覺，鼻子不好反成了優點。浪萬有點遲疑看葵，葵對浪萬點點頭。

「是蝦米。」

葵小聲對浪萬說，他們躲在靠近停車場的一棵大樹後面，晚上樹林一片漆黑，葵和浪萬又都是黑色的狗，黑夜正是他們最好的隱藏色。

哥哥抱著蝦米散步，走到停車場，他想起什麼。

「上次我好像在這兒看到兩隻大流浪狗的，後面那片樹林，說不定裡面就躲了一群流浪狗，我們還是快走，萬一他們全衝出來，我光想就害怕。」

葵把頭伸出去，正好蝦米也往樹林這邊看，葵確定他和蝦米對上眼，他們看到彼此，這次他沒有出聲，浪萬也沒出聲，葵知道，上次他們三個吵成一團嚇跑吉米的主人，蝦米才有機會假扮成吉米，如果他現在出聲喊蝦米，一方面可能會吵醒吉米，二方面也會嚇到吉米的主人，然後因為他們三個吵成一團，吉米主人也許再也不敢踏上這條巷子，到時候吉米和蝦米換回來的難度會增加很多。

葵和浪萬一直等到蝦米的味道遠離，再也聞不到才放心。

「幸好吉米睡熟，鼻子不太靈光救了他自己，不然他一看到自己的主人走在路上，我們一定阻擋不住他衝出去，就算拉住他的尾巴不讓他跑走，恐怕也管不住他的嘴巴別亂叫。」

10 蝦米不快樂

離開巷子後，哥哥就把蝦米放下來，用繩子牽著蝦米散步，哥哥和曉晨走在前面，兩人手牽手，一邊走一邊聊天。蝦米遇到以前他當浪浪時常常給他麵包吃的麵包姐姐。麵包姐姐見到蝦米顯得有點意外，他們好一陣子沒見面，一見到蝦米立刻興奮的跟蝦米打招呼。

「嗨，好久不見。」

蝦米忘形猛搖尾巴，不過蝦米很快意識到他不該跟一個不認識的人這麼親熱，馬上把尾巴放下，跟著前面的哥哥的腳步快走，假裝自己不認識麵包姐姐。

麵包姐姐從她的包包拿出麵包，跟在蝦米後面。

「我是要給你麵包吃，我已經換工作了，現在不在這兒上班，這幾天下班我特別繞到這兒等你，我想跟你說一聲再見，再過幾天，我可能會搬家，我要搬到離上班地點比較近的地方。」

蝦米聞到麵包味道轉過頭看，哥哥和曉晨聽見後面有人說話，兩人也停下來回頭看。

「對不起，你不要隨便給我們吉米吃麵包，狗亂吃東西會出事的。」

「原來他叫吉米，被你們領養了，難怪這幾天我都等不到他。」

「你認錯狗了，吉米很小就來我家，他不是我最近領養的狗。」

「他和我認識的一隻浪浪長得很像很像，對不起，我認錯了。」

麵包姐姐把麵包收進她的包包。

「西施狗都長得差不多，你認識的那隻西施一定也是三色毛，黑的白的和棕色。」

「對對，他的毛有三種顏色，我可以摸你的狗嗎？」

「吉米很乖，他很喜歡被人摸。」

蝦米坐下，對麵包姐姐搖尾巴。

「吉米再見。」麵包姐姐摸蝦米的頭，來回好幾次，很溫柔，蝦米羞愧的低下頭不敢看麵包姐姐。

回到家，蝦米馬上躺到吉米的小床，閉上眼睛，他的心情很差，他想起葵和浪萬。今天晚上他和葵有對到眼，當時葵的眼神充滿責難、不解和生氣，想必浪萬也是一樣，只是今天他沒看到浪萬。

曉晨姐姐回家，哥哥睡了，整個家現在是咪咪的天下。

咪咪喜歡在晚上不停巡視整個家，彷彿家中有老鼠他非得找出來不可。咪咪和吉米對家的分配以時間區分，白天是吉米的，晚上是咪咪的。

咪咪躡手躡腳走到吉米的床旁邊，咪咪看著睡覺的蝦米，越看越生氣，他伸出前腳的爪子抓蝦米，蝦米感覺有東西在頭上，本能伸前腳反擊，咪咪立刻把前腳收起來然後跳到餐桌上。

「你這個騙子，你要騙哥哥騙到幾時，你到底把吉米怎樣了，如果哥哥帶你去醫院打預防針，醫生檢查你身上的晶片就知道你是假的，你根本不是吉米，你是小偷，騙子。」

「別騙我了，我不是生下來就是浪浪，我也有過家，也是寵物狗，醫生不會無聊給狗檢查身上的晶片，何況若是哥哥帶我去醫院，醫生更不會這麼做。以前我有家有主人，我去醫院打過預防針，醫生也會幫我做健康檢查，我抽過血呢。我答應你，以後不再吃你碗裡剩下的飼料，反正現在天天吃得很飽，你可以讓我睡覺了嗎？不要再來嚇我，你有很多貓洞可以睡，何必來煩我。」

「你不要以為不吃我的飼料我就不揭穿你不是吉米，我不會答應你，你這個小偷，偷吉米的身分。」

「好啊，你去跟你的哥哥姐姐說，說我不是吉米，我也不在乎，我不怕跟你說我叫什麼名字，我叫蝦米。」

咪咪氣急敗壞，他沒碰過這種無賴，竟然連名字都只差一個字，不認真聽還分不清楚吉米蝦米到底是在喊哪一個。咪咪從餐桌跳下來，跳到蝦米面前，咪咪毫無預警伸出前腳就往蝦米頭上的毛抓過去，蝦米早知道咪咪絕不會善罷干休，他也有所準備，他的頭歪向左邊，再用前腳打咪咪的鼻子。咪咪的鼻子被打痛，喵一聲後逃回自己的房間。

「我在外面混過的，你這隻沒出過門的宅貓，還敢跟我打架。」

他們吵架的聲音吵醒哥哥，客廳燈亮了。

「你們兩個晚上不睡覺喵來汪去做什麼，鄰居會來抗議，到時候我被罰錢就從你們的飼料扣下來，不給吃，白天晚上都不可以叫。吉米，安靜睡覺，不要再和咪咪玩，你不喜歡咪咪，懶得理他，最近老是跟他吵架，狗也有青春期嗎？」

蝦米很快躺下，他告訴自己絕對不能再上當，不管咪咪怎樣挑釁，他都不能回嘴，好不容易有一個新家，絕對不能毀在另外一隻貓的手裡。

從此以後，蝦米和咪咪劃清界線，蝦米學吉米，不理會咪咪，也不去吃咪咪碗裡剩下的飼料，反正只要他把碗裡的罐頭或飼料吃光，再不停舔碗，碗發出鏗鏘聲，哥哥就會再給他飼料。

假日哥哥帶蝦米去寵物美容院，洗澡兼修剪身上的毛，剪了一個漂亮的造型，看起來神清氣爽。當浪浪時，蝦米會用河水潔毛和洗臉，不過不管他怎樣努力清潔，就是比不上在美容院全身被水和香香的洗毛精徹底洗過來得舒服。

哥哥和曉晨姐姐三小時後到寵物美容院接蝦米回家。

「你們有沒有覺得吉米好像和以前不太一樣？」寵物美容店的老闆一面收錢打發票，一面看著蝦米。

蝦米嚇死了，他沒想到寵物美容店老闆這麼厲害，竟然發現他不是吉米。

「今天我幫吉米洗澡和剪毛，摸他的身體感覺和以前摸起來不太一樣，卻又說不出哪不一樣。」

曉晨姐姐抱著蝦米，蝦米努力讓自己不要因為害怕而發抖，幸好哥哥和曉晨姐姐專心聽老闆說話才沒注意蝦米身體微微顫抖。

「你可以說明白一點嗎？哪裡不一樣。」哥哥問老闆。

「胖了一點，還有幫他剪毛他很配合，以前吉米不可能乖乖站著不動讓我剪毛，動來扭去，吉米不愛吃，無法用零食當增強物，可是今天很奇怪，我一拿出零食跟吉米說，你乖乖站好不要動，剪好就給你吃，他真的就沒有亂動，吉米今天的造型是我幫他剪毛以來最滿意的一次。」

「大概因為我們出國一個多月，他去狗旅館住，可能以為我們不要他，從狗旅館回來後他的胃口變好，也不再挑食，比以前有規矩，那間狗旅館除了沒給他洗澡以外，把他訓練得真是沒話說。」

曉晨姐姐忘記她說過要去餵流浪狗的事，蝦米稍稍放心。

可是餐餐有好吃的飼料，有溫暖的床，不擔心被其他浪浪欺負的日子，蝦米開始感到無聊。

哥哥常常很晚才回家，有時候他和曉晨姐姐一起回來，兩個人不是拿著手機看不停，就是手機接上電視螢幕看電影，咪咪往往搶先一步跳到曉晨姐姐的腿上坐好，曉晨姐姐抱著咪咪一起看電影，蝦米本來也不想和咪咪爭寵，可是咪咪白天在家，總是大聲罵他騙子騙子，罵個不停，卻在這時候故意改為輕聲罵他騙子騙子，蝦米聽了就有氣，忍不住回罵，蝦米不懂得小聲回罵，結果被罵的就是他。

「吉米，安靜，我們在看電影，亂叫小心鄰居來抗議，要送你去狗旅館住嗎？」

咪咪很懂得利用自己輕聲細語的優勢，完全不怕蝦米。蝦米彷彿回到最初剛成為浪浪的時候，想到主人不要他就傷心，現在他特別想要睡在葵為他挖的地洞，把自己包住的安全感。

小床睡起來軟綿綿，他卻是越睡越不安穩，日日提心吊膽會被發現他是假的吉米，原來不屬於自己的東西用起來會因心虛而產生極度不安全感。

蝦米不再期待吃飯時間，不管是狗飼料或是好吃的罐頭，食物無法讓他感到快樂，他碗裡的飼料常常沒吃完，當浪浪時他為了被棄養而傷心，覺得自己好可憐，現在他不傷心，還是覺得自己好可憐，因為他是搶了吉米的身分才有這樣舒服的生活，吉米呢。

吉米和葵還有浪萬住在一起，他習慣嗎？吉米受得了肚子餓嗎？自己剛成為浪浪，為了吃狗飼料差點被一群浪浪圍攻，吉米會不會像他以前一樣，為了吃而被一群浪浪欺負？蝦米想著想著，心情低落又難過，整天窩在小床，他連和咪咪吵架的精神都沒有。

是曉晨姐姐先發現蝦米的異常。

「吉米看起來精神很差，是不是生病了？這幾天你有帶他出去散步嗎？」

「有啊，醫生說狗狗要天天帶出門散步才不會得憂鬱症。你一說我才想起來，吉米這幾天出門走路沒精打采，走幾步就停下來不走，碗裡的飼料又像從前一樣，剩下很多。倒是咪咪，每一餐碗裡的飼料吃光，他們兩個輪流食慾不振。」

「明天我們帶吉米去看醫生吧，順便請醫生幫他檢查身上的晶片還在不在，每次你帶他散步就鬆開他的繩索，我老是擔心吉米會走丟，如果晶片又不見，吉米走丟要找回來可難了。」

「明天我們先帶吉米去散步，我說要餵流浪狗都還沒去，散步回來再帶他去看醫生，你預約明天晚上晚一點的時段看醫生。」

11 蝦米重回樹林

哥哥和曉晨姐姐一起帶蝦米出門散步，曉晨姐姐帶了一包飼料。

「你真的不怕流浪狗嗎？那幾隻看起來很嚇人，都是大型狗，不像吉米小小一隻。」

「流浪狗才不可怕呢。」蝦米急著幫流浪狗發聲。

「你聽，吉米一聽到流浪狗三個字就嚇死了，又亂叫。」

曉晨姐姐把蝦米從地上抱起來。

「不怕不怕，你身上有晶片，不會變成流浪狗的，我們一定一定不會棄養你，等一下我餵流浪狗，換哥哥抱你。我看過流浪狗，他們都很瘦，可見沒有按時吃飯，不知道他們在外面流浪都吃些什麼？」

喝水，喝水也能過一天。蝦米小聲嗯嗯嗯的回答。

他們彎進小巷子，蝦米聞到葵和浪萬的味道，他猜他們一定也聞到他的味道才會靠近停車場。蝦米忘情往前跑，他實在太高興，就要見到葵和浪萬。

「吉米，你一直往前跑要去哪裡，等等我們，慢一點，你不怕流浪狗嗎？這條巷子有兩隻很大的黑色流浪狗，你忘了嗎？」

「我才沒忘了他們，他們是葵和浪萬，他們不可怕。」

哥哥追上蝦米，馬上把他抱起來。

「吉米聽到流浪狗就嚇得亂跑亂叫，還是不要餵他們了。」

「飼料我都帶出來，就請流浪狗吃一次飼料，吉米，哥哥抱你，你不要怕，等我把飼料放到地上，我們馬上回家。」

哥哥抱著蝦米站遠一點，曉晨進到停車場，把飼料倒在空地。蝦米雖然站得離停車場遠一點的地方，他還是聞到葵的味道，葵和浪萬現在正在靠近停車場的一棵樹的後面。

葵原本很擔心吉米的情況，打從來的第一天，吉米每天懶洋洋窩在地洞，不是發呆就是閉上眼睛睡覺，不太吃東西也不去河邊喝水，他想家想主人了。如果再這樣下去，吉米恐怕要沒命，幸好蝦米來了。

葵回去叫吉米。

「吉米，快起來，你的主人已經在這條巷子，今天或許是個機會，你和蝦米能把身分調換回來，不過前提是你要聽我和浪萬的指示，千萬不要自己行動，如果冒然躁進錯失這次回家機會，說不定永遠回不了家，那時候，你就真真切切是一隻浪浪。」

葵故意把事情說得嚴重一點，希望吉米記住他的交代。吉米醒來，不敢出聲也沒往前衝，葵帶著吉米一起待在大樹後面，他們等待一個好的時機，像是等待不明處的敵人出擊後他們就要馬上反擊般安靜，空氣彌漫著緊張卻又很安靜的氣氛。

葵趁著曉晨低頭倒飼料，吉米的主人抱著他，眼睛卻看手上的手機，他對浪萬使一個眼色，葵很快跳下停車場找一輛大型的摩托車躲在後面，葵沒發出聲音，曉晨也沒注意有隻狗已在停車場，可能因為今天停車場停放的摩托車比平日多，有利於葵躲起來。

曉晨把飼料全部倒出來，蝦米雖然在遠處，但他看到躲在摩托車後面的葵，接著是浪萬和吉米也跳下來躲到另外一輛摩托車後面。

蝦米很快掙脫哥哥的懷抱跑向停車場。

葵和浪萬看到了，他們拍拍吉米。

「去，就是現在，路上沒有車子，快點跑去找你的主人，蝦米掙脫他的懷抱，他會誤以為你只是跑走現在又跑回來而已。」

吉米和蝦米兩個在路口擦身而過，曉晨轉身看到正要過馬路的吉米，她急著對哥哥喊。

「你快抓住吉米，他要過馬路了，危險。」

哥哥跑過去，吉米故意停下來讓哥哥抓住他，正好有一輛車子從他們前面經過，蝦米趁著他們忙著抓吉米，馬上跳上樹林，浪萬和葵同時也跳上樹林，他們三個很快隱身在黑暗的樹林裡。

吉米被繩索圈起來，曉晨拍拍胸脯，主人抱起吉米。

「剛才我好像看到好幾團黑影跑到樹林，八成是流浪狗聞到飼料味道，看到我們才又跑回去，我和醫生預約的時間快到了，我們快走吧。」

他們走遠後，葵和浪萬又回到停車場把地上的飼料吃光，蝦米說他很累想睡覺，而且他天天吃很飽，現在不想吃飼料。等他們兩個回到樹林，蝦米已經躺在地洞呼呼大睡。

蝦米之所以不跟他們一起吃飼料不是因為肚子很飽，而是沒臉見葵和浪萬。

隔天早上，蝦米和葵照樣一早就去河邊喝水，葵沒有問蝦米為什麼決定回來當浪浪。喝完水，和以前一樣，離開河邊各自找吃的，分手前葵跟蝦米說。

「吉米到我們這兒，天天傷心害怕，他不吃也不喝水，浪萬擔心他小命會沒了，整天都在吉米身邊照顧和安慰他，浪萬不敢離開吉米出去找吃的，全靠我一個找吃的，我對找吃的不在行，所以一天能有一餐可吃就算不錯了，幸好昨天晚上吉米的主人帶飼料給我們吃，總算能飽餐一頓，浪萬身體本來就不太好，最近我看他的狀況好像更糟，今天你多用心找食物回來給浪萬補一補，做錯事的可是你。」

蝦米低頭沒說話，蝦米和葵分手後，蝦米走在路上，沒想到他會再一次遇到麵包姐姐。

蝦米開心對她一直搖尾巴。

「我跟你說，有一天我在另外一條路上遇到一隻狗跟你長得很像很像，他叫吉米。今天我特別請假來這兒等你，咦？你脖子上怎麼有一個項圈，以前我記得你沒有戴項圈啊。吉米脖子上的項圈和你的項圈一模一樣，還是我遇到的是你而不是吉米，不對不對，我也糊塗了，對不起吉米，你被棄養了嗎？還是走丟了？我帶你去獸醫院讓醫生幫你檢查身上晶片，如果有晶片就能通知你的主人帶你回去，你同意我帶你去獸醫院就把這根潔牙棒吃了，以前我常常給那隻浪浪吃麵包，後來你的主人跟我說，狗不能吃麵包，麵包對狗的身體不好，所以今天我特別去買潔牙棒，原本是帶給那隻浪浪吃的。」

麵包姐姐從包包拿出潔牙棒，蝦米看到潔牙棒，咬住轉身就跑。

他急著把潔牙棒帶回樹林給浪萬吃，麵包姐姐看到蝦米跑了，跟在後面追了幾步就放棄。

「吉米，別跑，唉，給潔牙棒不是好主意，這下子我幫不上你的忙了，吉米，對不起。」

蝦米回到樹林，沒看到葵也沒看到浪萬，他把潔牙棒放進浪萬的洞裡，然後走到樹林另外一頭，他們很少來的地方，看到浪萬正在挖土，蝦米想起之前葵交代過，如果看到浪萬挖地一定要馬上告訴他。

「浪萬，你挖土做什麼，你不想和我們一起睡，要獨自來這邊睡嗎？」

浪萬滿臉的泥土，用力搖頭才把臉上的泥土甩乾淨。

「我拉肚子，挖土把臭大便埋起來，大便的氣味最容易讓我們露出行蹤，我就怕其他浪浪聞到後找到這兒，要是來搶地盤就糟了。」

「有人給我一根潔牙棒，我咬回來給你當早餐。」

「謝謝，可是你看我的牙齒。」

浪萬把嘴巴張大，蝦米看到浪萬的牙齒嚇一跳。

「你的牙齒呢，怎麼都不見了？」

「流浪生活使我的牙齒提早掉光，潔牙棒我是啃不動了，你快吃掉它，而且我剛才拉肚子，也不適合吃潔牙棒。」

蝦米想起麵包姐姐，說不定以後還有機會遇到她，該怎樣讓她明白，還是帶麵包給他吃比較好呢？

「蝦米，謝謝你，以後不要費心給我找吃的，一定是葵規定你要這麼做，別聽他的，他又不是我們的老大。」

「這根潔牙棒留給葵吃，反正我之前天天吃很飽，現在餓一兩天沒關係。」

葵從早上去河邊喝水再也沒有回來，這是以前不曾發生的事。浪萬很擔心，蝦米說他出去逛逛，也許能遇到葵。

晚上的馬路不像早上那麼忙碌，不管是行人或是車輛都比較從容，路人的心情明顯輕鬆許多，停下來看蝦米的人比往常更多，蝦米忘記自己被帶去寵物美容院，美容師給他做了一個漂亮的造型，所以才會吸引很多路人的目光。

「這麼可愛的狗是誰的啊，沒看到他的主人，八成走丟了，我們要不要帶他去獸醫院給醫生檢查，他身上的晶片可以幫他找到主人。」

蝦米剛開始聽一個人跟他這樣說，不覺得怎樣，慢慢聽多了自己也覺得不對勁，最後乾脆回樹林不再去路上閒逛，萬一他身上有晶片，但前主人棄養他，不要他，現在就算找到前主人他也不要那個主人。萬一沒有晶片呢，找不到晶片他可能被送去流浪動物之家，他寧可和葵還有浪萬住在一起，聽說流浪動物之家的動物會被關著，在那兒無窮盡等待，卻不知自己何時能被領養。

蝦米回到樹林，浪萬躺在樹下，還是沒有看到葵。

「對不起，我聽見有人說要帶我去獸醫院檢查晶片，嚇得馬上跑回樹林，今天沒找到吃的。」

「只有你回來，可見你沒遇到葵，我肚子不舒服，只想睡覺，你別理我。」

12 浪萬和蝦米離開了

蝦米和浪萬等了好幾天，葵終於在一個沒有月亮的晚上回到樹林，葵的精神很差。

蝦米給葵吃的潔牙棒一直在葵睡覺的地洞，葵回到樹林問也沒多問就把潔牙棒吃掉，體力稍稍恢復後他才開始說這幾天去了哪。

「那天早上和蝦米分手後，忽然聞到老爺爺的味道在移動，我馬上跟著味道跑，一路追著味道，有了前幾次的經驗，現在我追老爺爺味道比較不心慌，心中有定見，專心一意跟著移動中的老爺爺味道就聞不到其他味道，所以這趟算順利很快找到老爺爺的味道，又是之前那間醫院。我像上次一樣在醫院附近守候，幾天之後老爺爺味道從醫院離開，車子載著味道開始移動，我跟著味道跑，沒想到再一次回到離我們這兒不遠的養老院，於是我才放心回來樹林，這幾天你們都好嗎？」

浪萬搶著回答。

「都很好，你剛才吃的潔牙棒是蝦米帶回來的，他說給我吃，可是我沒牙齒，無法咬潔牙棒，這是我當浪浪以來第一次被請吃潔牙棒，可惜我沒牙齒需要清潔了，蝦米說這是之前常常給他麵包吃的麵包姐姐給他的，好巧，蝦米今天又遇到她。」

「我現在馬上出去找吃的，葵，你看起來餓了很多天，前陣子我住吉米家，三餐吃得好，現在我們三個當中屬我的體力最好，我馬上出去翻垃圾桶。」

蝦米說完話就跳到停車場跑走，葵累到無力阻止蝦米出去，晚上的垃圾桶早被其他浪浪不知道翻過幾次，哪可能找吃的呢。但是他這幾天都在擔心老爺爺，跑來跑去的，偶而休息也不太敢睡太熟，回到樹林放鬆心情，躺下沒多久就打呼。

浪萬等葵睡熟再走去樹林隱密處，就是剛才他挖洞的地方，黑暗中繼續早上沒挖完的洞，兩隻前腳努力扒土，他的腳沒太多力氣，所以不需要擔心扒土動作太大會發出聲響吵醒葵。

早上葵醒來，看到蝦米躺在自己的地洞睡覺，地上真的有一塊排骨，昨晚蝦米出去竟然能找到吃的。

葵叫醒蝦米。

「我要去喝水，你去不去？」

「嗯，我不餓，我要睡覺。」

蝦米伸個懶腰翻過身四腳朝天繼續睡。看到蝦米以最放鬆的姿態，肚皮朝上睡覺，葵知道蝦米現在對自己的浪浪身分是完全接受而不再抱怨了。

葵再看浪萬，浪萬不在他的地洞睡覺，葵不在意，浪萬很會照顧自己，全台灣走透透的狗，現在還能活得好好的，浪萬不需要任何人擔心。

葵像往日一樣去河邊喝水，喝完水正要離開，有一隻原本在草地曬太陽的老浪浪起身向葵走過來，這情形之前沒發生過，葵知道他和蝦米喝水的時候，其他浪浪看起來不在意，不過都有在暗處監看他們的行動，河水不屬於任何人，包括浪浪也沒有擁有這條河。

「很多天沒看到你來喝水，我去你家也沒看到你，你現在改到別的地方喝水？」

「這幾天我不在家，怎麼了？」

「我聞到和你們住一起，年紀稍大的那隻浪浪，他身上有一股離別的味道。他很少和你們一起來河邊喝水，而且他喝水的時間不一定，我認得他。這幾天他來河邊喝水，每次他來，我就會聞他身上有一股離別的味道，我也曾經趁天黑去你們待的樹林附近，還偷溜進樹林，看到他在樹林另外一頭比較隱密的地方挖土。」

「挖土，你確定嗎？」

「很確定，所以我才特別過來通知你一聲，你要多注意他。」

「謝謝你。」

葵飛快跑回樹林，這些日子他不在樹林，回到樹林，心還是掛念老爺爺，加上跑很多天，太累，一時沒聞出浪萬身上的味道和平常不一樣。

葵回到樹林，蝦米還在睡覺，他找遍整個樹林，最後在比較隱密的那一頭看到一個平常沒見過的洞，洞不深，葵走近就看到浪萬躺在裡面閉著眼睛，葵輕聲喊浪萬，浪萬都沒回應，葵低下頭儘量控制自己的嗚咽聲。現在是上班時間，如果葵大聲啊嗚的喊叫，肯定嚇壞所有上班上學的人們。有些人對狗的啊嗚聲特別敏感，傳聞狗若發出淒厲的啊嗚聲代表有不好的事發生，葵不想一早就讓人們帶著悲傷恐懼的心情上班上學，刻意壓低聲音，叫了幾聲後，他才去叫醒蝦米。

他們兩個看著躺在洞裡的浪萬，蝦米再也忍不住哭出來。

「對不起，那天我看到他在挖土，他對我說他拉肚子，所以要把大便埋起來才不會被其他的浪浪聞到我們在這兒，我就沒告訴你這件事。」

「沒關係，就算那天我知道他在挖洞，我也救不了他，我又不能帶他去看醫生，浪萬不告訴你真正原因，他只是希望能獨立完成自己的最後一件事。現在我們一起把浪萬埋了，他挖起來的土就在旁邊，你輕一點撥土，不要太用力，不然土掉進洞裡會弄痛浪萬。」

葵輕輕把旁邊的土推進洞裡，浪萬的身體慢慢不見，直到全部被土埋起來，他們才停下來。

葵把蝦米臉上的眼淚舔乾淨，然後回到浪萬原本睡覺的洞口，葵原本要留給浪萬吃的排骨，他咬下一塊肉給蝦米。

「浪萬不在了，我們還是要好好照顧自己，肉吃光，要是覺得傷心，今天先別出去找吃的，我們待在樹林一起想念浪萬，或是一起聊聊浪萬和我們一起生活時發生的有趣事情。」

天黑了，蝦米出現從沒有的焦慮和坐立不安，葵懂得，他笑笑用前腳拍拍蝦米的頭。

「我知道你要去等麵包姐姐，你的直覺告訴你，今天晚上她會在同樣的地方等你，對吧？現在你已經聞到她的味道了。快去，要是等不到你，她走了，可不一定會再來找你喔，記住我說的話，今天麵包姐姐要是問你要不要跟她回家，你一定要跟她走，不要再回樹林，難得遇到好心人士願意在路上收養浪浪，她就是你真正的家人，相信我。以後你若有機會到這兒散步，拉著麵包姐姐走這條巷子，大老遠我就能聞到你的味道，我先到停車場等你，讓我看到你幸福快樂的模樣。」

「葵，可是我捨不得你。」

「你看浪萬的身體就知道，浪浪不能當太久，壽命會減損很多，有機會擁有一個家就不要放棄，麵包姐姐很愛你，我們都知道，這樣的主人才會給你一個真正的家。」

「可是我走了，浪萬也死了，你自己一個待在樹林不是很孤單？」

「你放心，我一定會再回到老爺爺的身邊，如果你現在不走，將來可能會剩下你一個在樹林，你有把握當一隻獨來獨往的浪浪嗎？」

蝦米跟葵說再見，他跑去以前和麵包姐姐常常相遇的那條路上，麵包姐姐遠遠看到蝦米，蝦米也看到她了，蝦米開始跑，麵包姐姐也跑起來，他們遇上後停下來，蝦米不停搖尾巴，麵包姐姐蹲下來摸蝦米的頭。

「我就知道今天你會再來，我想了一個晚上總算弄明白這件事，你不是吉米，你是我以前常常給麵包的那隻浪浪，雖然我不知道你叫什麼名字，今天我帶罐頭來是想問你，如果你吃了我的罐頭，表示你願意跟我回家，以後我們就是一家人。」

麵包姐姐把狗罐頭打開，蝦米低頭把罐頭吃光，吃完以後坐著搖尾巴，麵包姐姐開心的抱起蝦米。

「我該叫你什麼名字才好呢？我喜歡吃炒米粉，炒米粉會放蝦米，蝦米很香，米粉和蝦米一起吃真是絕配，就像我和你，你就叫蝦米吧，好不好啊？蝦米。」

蝦米知道自己還是蝦米，開心的猛舔麵包姐姐的臉，麵包姐姐笑不停。葵其實一路偷偷跟在蝦米後面，他等到蝦米被麵包姐姐抱起來就轉身離開。

麵包姐姐忽然回頭，她看到葵的背影消失在路口。

樹林又恢復當初葵剛來的時候，只有葵一隻浪浪，葵比平常更早睡覺，一反常態他沒有睡在地洞裡，他在一棵樹下趴著。半夜，葵被老爺爺的味道驚醒過來，這股味道比起這段日子似有若無的味道強烈

很多，是老爺爺來樹林看葵，整片樹林全是老爺爺的味道，葵非常開心。

「老爺爺，你來找我了，你找到我了。」

「葵，回家，葵，快點回家。」

「好，老爺爺，我們一起回家。」

葵非常開心，可是老爺爺才說完話，整個人就往空中飛去，葵很急，他又不會飛，怎麼跟上老爺爺，忽然，葵對著空中發出啊嗚聲，他發現事情不是他想的那樣，伴隨葵急促的喊叫聲，老爺爺的味道散得很快，最後味道完全消失，不管葵怎樣用力聞就是聞不到老爺爺的味道。葵想起之前老浪浪說過的話，離別的味道，剛才他聞到的老爺爺味道就是離別的味道，為什麼他沒有馬上分辨出來呢。

葵很悲傷，他的啊嗚叫聲越發淒愴，附近的住家都聽見，有人打開窗戶探出頭，馬上把窗戶關上。走在這條巷子的路人也聽見，他們因害怕而加快腳步。

「好可怕，這附近不知道誰死了，這隻狗叫得這麼悽慘，聽得全身起雞皮疙瘩。」

13 理宏尋找爆米花

老爺爺過世了，養老院通知老爺爺的兒子，就是被公司調到美國總公司工作的葵的前主人，理宏。

理宏接到電話馬上帶著家人回台灣，辦好爸爸的喪事，理宏沒有馬上回美國，他留下來，理宏的太太帶著兩個孩子回美國，當初說要養葵的那個男孩叫成育，今年六年級，學業告一段落回來台灣接著讀七年級比較沒有適應上的問題。

理宏接到爸爸生病的電話，當時他就跟總公司申請調回台灣，總公司同意，但要再等半年，理宏打算這次回台灣一定要好好照顧爸爸，誰知道他沒來得及跟爸爸報告這個好消息，卻先接到爸爸過世的電話。

辦完喪事，理宏又跟公司請假一個月，他回到爸爸一個人住的老家，開始整理爸爸的東西順便尋找爆米花。爸爸告別式那天，鄰居特別來跟他說，爸爸養的那隻歐告，在爸爸送急診室那天跑不見了，大家都有在找他，可是一直沒找到。

理宏決定把爆米花找回來，這三年是爆米花陪在爸爸身邊，聽鄰居說，爸爸倒在院子，當時也是爆米花狂叫鄰居才知道的。

理宏住在老家，首先去找爸爸的幾個老朋友。

「你是說你爸爸養的那隻歐告？」

「對。」

「可是你講的名字和那隻狗的名字不一樣，他叫葵不是蹦米香。」

確實，打從你爸爸生病住院以後，我們誰也沒見過葵，我們去醫院看你爸爸，你爸爸有短暫清醒過來，他交代我們要幫他照顧葵。葵和你爸爸形影不離，兩個感情真好，你爸走到哪都帶著他。上市場，買便當，到廟口和我們聊天，形影不離，我們大家笑他多了一個狗兒子，你爸爸一提到葵就開心，滿臉春風，葵長得帥又聰明，也很愛乾淨，你爸稱讚你還沒稱讚葵多呢。」

理宏又跟其他鄰居問葵的下落。

「我們記得你爸爸倒在院子那一天，葵叫不停，我們站你家門口，他還幫我們開門，大家進門看到你爸躺在院子，既緊張又慌亂，忙著打電話叫救護車送你爸去醫院，沒人特別注意葵的下落，後來我們從醫院回來又忙著打電話通知你，收拾你爸爸的換洗衣物，大家忘了葵，沒有注意他是不是在家裡。這段時間我有留意路上的流浪狗，不管在菜市場或是廟口，可是都沒有葵的蹤影。」

理宏現在才知道爸爸把爆米花改名叫葵，爸爸沒和他說過這事，他想不明白為什麼爸爸要把爆米花的名字改為葵，從爸爸老朋友和鄰居口中聽見爸爸和葵的感情非常好，他其實有點傷感，原本陪在爸爸身邊該是他，結果他卻讓葵代替他，他非得把葵找到不可，爸爸過世前沒留下任何遺言，但是他相信爸爸一定希望他把葵找到，帶回家好好照顧。

理宏整理爸爸留下來的東西，幸好爸爸手機沒有設密碼和指紋，手機裡的照片檔，存的全是葵的照片。葵在睡覺，吃飯，連抬腳尿尿和大便爸爸也幫他照相，其中也有不少爸爸和葵的合照，有自拍，有別人幫他們照的，他不知道爸爸也會自拍。照片中，葵長大不少，和他剛離開時的幼犬模樣差很多，身上的毛黑得發亮，爸爸把葵照顧得很好，每張照片，爸爸和葵都笑得燦爛，他看了卻非常難過，爸爸手機裡沒有一張他們全家在美國的照片，一張也沒有。這幾年他在美國常常把生活照或是全家出去玩的照片傳給爸爸，他和爸爸以LINE互動，有時候他也會打電話給爸爸，每次他要爸爸開視訊聊天，爸爸都說不要，爸爸手機總是開靜音，爸爸說他不喜歡手機響，會吵到正在睡覺的葵，後來他和爸爸互動以文字和圖片為主，爸爸每次看了他傳的他們全家在美國的生活照，不忘給一個讚的圖案，但僅僅如此而已，從沒多問一個字。只是LINE的照片過一段時間若不另存檔，照片就無法再看到，他也透過視訊教過爸爸怎樣把照片存起來，爸爸回他說懂了，可是現在看來，爸爸要嘛不會，要嘛不想存檔。

沒有人可以給理宏這些問題的答案，現在他才想到出國時為什麼沒問爸爸，對他調去美國上班的看法。爸爸的書桌很乾淨，桌上擺了幾本圖書館借回來的書，他打算明天拿去圖書館還。抽屜裡面是這些年已繳過的房屋稅、地價稅、電話費和水電等等的收據，還有他從美國寄給爸爸的聖誕節卡片。另外一個抽屜有一個泛黃的牛皮紙袋，牛皮紙袋上面放的是犬貓預防注射手冊，爸爸每一年都按時帶葵去打預防針，還把葵的體重詳細寫在裡面。牛皮紙袋裡全部裝的是日本寄來的信件，這些信從信封的字跡看來是同一個人寫的，理宏對了一下日文的地址，確定是同一個人沒錯。理宏不知道爸爸什麼時候交了日本朋友，他拿出其中一封信，信紙寫的全是日語，理宏完全看不懂，最後的簽名他看懂了，因為是用中文寫的，單字葵。

爆米花改名的原因他稍稍理解。寫信的人是葵，葵一定是爸爸生命中很重要的一個人。理宏把牛皮紙袋裡的信拿去請朋友幫忙翻譯，朋友把所有信件按照時間先後翻成中文再給他，理宏讀完這些信件，找到爸爸隱藏在心底多年的祕密，爸爸從沒說出口，如果他早知道爸爸有這一段過去，他一定會陪爸爸去日本找葵，葵和爸爸分開後，到現在都沒結婚。

爸爸守了一輩子的祕密，透過爆米花改名為葵才被知道，爸爸想念葵，每次喊葵等於在喊自己當年最愛的那個女孩。

爸爸的東西不多，爸爸是一個愛乾淨的人，東西擺放井然有序，理宏不太需要整理，他只要分成要丟和要留下兩堆就好。

打開衣櫃，爸爸的衣服幾件而已，理宏打算把這些衣服全部留下來，他和爸爸身材差不多，這些衣服他都還能穿，他要保留爸爸的味道，把爸爸穿在身上。

理宏搜尋流浪動物之家，他一一打電話去問是否收容所裡有一隻約四歲左右的黑狗，半年前走丟的。得到的答案是，收容所裡有很多黑色的大型狗，他必須親自過來確認。

理宏拿著爸爸的手機去很多流浪動物之家，工作人員看著照片對他搖頭，收容所有很多黑色的流浪狗，理宏也親自一一確認，沒有一隻和葵長得一樣。理宏很失望，他以為能在收容所找到葵。

理宏把手機裡葵的獨照，還有葵和爸爸的合照全部洗成相片，再一一拜託老家附近的店家讓他張貼尋找走失狗葵的傳單，這些店家很多人見過葵，他們都很樂意幫忙。很多天過去了，卻絲毫沒有葵的消息，他去到更遠的街道，這次他站在路口發尋找葵的傳單給過路的人。

他還把很多照片放在臉書和其他社群網站，希望見過葵的人，不管多久以前，在任何地方，只要看過葵，請跟他聯絡。

理宏一邊找葵的下落，一邊把衣櫃裡爸爸的衣服拿出來曬太陽，好些衣服爸爸可能很少穿，有霉味，他洗乾淨後再把衣服曬在後院。

悲傷的葵獨自住在樹林，除非很餓，他不太離開樹林，他把自己圈在地洞裡，被包圍的狗有安全感，可以忘記飢餓和悲傷，現在葵整天窩在自己的地洞。

蝦米和葵分開之後，他一直找機會創造和葵不期而遇。麵包姐姐上班很早，所以早上不能帶他出門散步，下班後她才帶蝦米出門，蝦米一出去就拖著麵包姐姐往之前他住過的那條巷子走，他去停車場很多次，只差沒跳上樹林，可是沒看到葵的蹤影。蝦米很失望，葵的鼻子很靈，不可能沒聞到蝦米的味道，何況葵也說過，蝦米來了，他就會出現和蝦米打招呼。

麵包姐姐跟蝦米說，她找到房子，他們快要搬家，蝦米擔心他連和葵說再見的機會都沒有。

葵大部分時間都在睡覺，外面的動靜和味道他完全不在乎。

麵包姐姐搬家這天，葵是餓醒過來的，他打算離開樹林找點吃的，他餓得受不了，正當他走到路口就聞到蝦米的味道在遠處，而且正往他的方向快速移動過來，葵站在路口仔細聞著經過的每一部車子，味道靠近了，在一部小貨車的後面，是麵包姐姐騎摩托車載蝦米，摩托車經過葵前面，葵看到蝦米，蝦米把頭伸出來吹風，蝦米也看到葵。

「葵再見。」

「蝦米再見。」

「蝦米坐好，頭不要伸出去，萬一車子經過我們旁邊可能會撞到你的頭，你沒坐過摩托車所以才這麼開心對不對，不過坐摩托車還是安靜一點比較好，免得路人被你嚇到，以後我會常常騎摩托車載你兜風。」

這次葵沒有跟著摩托車跑，他們互道再見，這樣就夠了。

蝦米離開了，葵下定決心也要離開樹林，樹林有太多回憶，這些回憶只會讓他更悲傷，像浪萬一樣四處流浪不要固定住在某一個地方，沒有回憶就沒有悲傷，忘記名字吧，浪浪不需要名字。

他慢慢走回樹林，站在埋葬浪萬的地方跟浪萬說再見。這時候他聞到一股許久不曾出現的熟悉味道，他不敢相信的一聞再聞，最後他確定自己沒有聞錯，不是一股味道而已，有老爺爺的味道，還有之前主人和老爺爺混在一起的味道。

葵猶豫了，他還需要再去追這股味道嗎？他會猶豫是因為他知道老爺爺已經離開他不會再回來，老爺爺的兒子的味道在之前出現過，但那之後再沒有聞過，現在怎麼會有他的味道呢？

兩種味道同時出現混在一起更奇怪，到底發生什麼事，葵想起這輩子最悲傷的那個晚上，先是極度興奮老爺爺來樹林找他，最後卻是極大悲傷收場。

老爺爺在樹林最後對他說的話，葵，回家。若這是老爺爺對他的最後的要求，現在他應該是回家而不是四處流浪成為一個忘記自己名字的浪浪。

14 我們都回家了

如同之前他追著老爺爺的味道一樣，葵開始跟著這股混合的熟悉味道跑，比較麻煩的是，這股味道從不會固定在某一個地方，隨時都在移動，移動的方向毫無章法。

葵完全不知道，這股味道之所以毫無章法的到處移動，是因為理宏沒有任何目的四處尋找葵的下落，理宏不知道往哪個方向才對，只好以老家為圓心，每天坐車或是騎腳踏車四處逛，袋子裡放了他爸爸和葵的合照，見到人就拿出照片問是否見過這隻狗。

幾天之後，葵整理出一個原則，這股味道晚上才會停在一個固定的地方，白天的移動完全沒有固定，忽東忽西他很難跟隨。於是葵改變作息，白天休息，晚上才跟著味道走。

每天走著走著，越走越有信心，現在每天晚上他不但能聞到老爺爺的味道，也會聞到他和老爺爺的家的味道，搖控器、椅子、毯子，對，現在最濃郁的味道就是他和老爺爺住在一起時家的味道。

家，想到家，葵暗罵自己一聲笨蛋，為什麼他沒想過努力回想家的味道，如果他跟著家的味道走是不是就能找到回家的路？心中有了定見，葵的回家之路走起來輕鬆許多，只有累了他才會休息一會兒，不眠不休努力走，前主人和老爺爺的味道是讓他不覺得累的最大原因。

葵終於站在老爺爺的家門口，也是他和老爺爺的家門口，許多熟悉的味道使他高興得不停抓門想要趕快進去，他真的回到家，葵忘記他走得多麼疲倦，忘記他已經多少天沒吃東西沒喝水，一心一意急著回家，他瘦了，身上髒了，後腳因為不小心踩到地上一個尖硬的東西受傷流血，疼痛絲毫沒有阻止他繼續往家的方向走，一拐一拐的也要走回家，黑色的毛早已失去原來的光澤。

葵抓門抓累了，全身好痛，他不得不趴在地上大口喘氣，他到家之後明白一件事，現在他要等的不是老爺爺給他開門，而是之前的主人來幫他開門。

早起運動的鄰居出門看到葵趴在門口。

「你是葵嗎？怎麼變得這麼瘦，好可憐，你跑去哪裡，我們以為你真的變成鬼跟著阿樹去了，你等一下，我去冰箱找看看有沒有肉可以給你吃，阿樹對你吃的食物可挑剔，這個不行那個對你不好，不能給你亂吃，要是找不到肉，你就和我一樣吃稀飯吧，早上我煮的稀飯

幸福路
100號

還剩下半碗。」

鄰居拿著稀飯，裡面放了幾塊很香的肉。

「這是我燉的紅燒肉和稀飯，吃一頓應該沒關係，你快吃，我按電鈴叫理宏開門，理宏就是阿樹的兒子。」

理宏開門一看到葵，驚訝得說不出話來，葵還記得這個不要他的前主人，葵沒有對他搖尾巴，理宏往前要抱葵，葵反而後退幾步站著看他。

「我找你很久，我發誓，不管多久我一定要找到你，否則我的良心會一輩子不安，我爸爸過世了，你放心，以後我會好好照顧你，前幾年我去美國沒把你帶去，我很後悔，那是一個錯誤的決定，我沒多想多準備就離開你。可是現在想想，幸好當時沒把你帶到美國，謝謝你這幾年陪我爸爸，要是沒有你，我爸爸自己一個人住會有多寂寞。」

葵仍沒對理宏搖尾巴，理宏蹲下來，他伸出手給葵聞，葵聞了許久，他要確定理宏現在說的話都是真心話，理宏將是一個可靠的家人，不會再丟下他不管。沒多久，葵把前腳放在理宏的手上，理宏握住葵的前腳，另外一隻手摸葵的頭，然後才把瘦得不成樣的葵抱進屋裡，葵聞到理宏身上老爺爺的味道，他認得這件衣服，老爺爺帶他出門散步常穿的就是這件衣服。

理宏先幫葵洗澡，葵身上的跳蚤和牛壁蝨好多，他馬上帶葵去獸醫院。

「除了營養不良，還有腳上的傷和身上的跳蚤，其他一切都好，先除蚤再醫腳上的傷。」

理宏聽醫生這麼說總算放心。

葵回家了，他聽老爺爺對他的最後交代，回家，前主人現在對他很好，每天給他吃營養的食物，又帶他出門散步，葵會帶著主人走去老爺爺經常帶他去的地方。廟會那天，理宏也去吃辦桌，葵坐在理宏的腳邊打瞌睡。

理宏請懂日語的朋友幫忙打電話，他和葵通上話了，葵答應過些日子到台灣祭拜爸爸。

晚上吃飽飯，理宏坐在沙發看電視，他看網球，葵則坐在他旁邊跟著看網球賽。廣告時間，理宏伸手抱葵在懷裡，他對葵說。

「我找不到葵的照片，不知道她長什麼樣子，接機那天，我會帶你一起去，你和她有一樣的名字，我還給你聞過她寫的信，你一定能聞出她的味道，對不對？」

「當然，我們都是葵，葵怎會認不出葵呢。」

理宏聽見葵的回應，開心把葵抱起來轉一圈，球賽開始了，葵和理宏又盯著電視看，葵原本就不愛看電視，他很快睡著。

葵以為他會和理宏一直住在老爺爺的家，沒想到理宏在整理葵的行李。

「我們要回我的家，就是之前你住過的那個家，公司通知我回去上班，如果住這兒無法通勤上班，不過我答應你，只要放假我們就會回來這兒，我記得爸爸在的時候院子種很多花，我住美國的時候，我的院子裡也有種花，我要把爸爸的院子重新整理，像爸爸在的時候一樣開很多花。」

葵再一次回到小時候的家，這個家的味道他還記得，所以沒有適應的問題。幾個月以後，理宏全家都回來了。當年說要養他的成育已長成大孩子，家裡又多了一個他沒見過的在美國出生的美國人，她是妹妹，葵最喜歡這個美國妹妹，她很喜歡葵，每天都會找葵玩，不管是你跑我追，或是丟接球的遊戲，他們兩個可以玩一整天也不會累。

有一天，理宏帶葵出門散步，路上遇到蝦米和麵包姐姐，蝦米沒料到有一天他還能遇到葵，而且是驚喜的不期而遇。

蝦米和葵興奮的聞著彼此，他們沒說話。

「對不起，他一向很穩重，從來不會多看路上其他的狗一眼，今天不知道為什麼看到你的狗就變得如此興奮，一直圍著你的狗轉不停，對不起，希望沒有嚇到你和你的狗。」

「不會不會，蝦米也很興奮，感覺他們很熟，似乎以前認識，我覺得你的狗看起來有點眼熟，我應該看過他，到底是在哪看過的呢。」

麵包姐姐和理宏聊天，蝦米和葵自然也沒閒著。

「你住在這兒嗎？」

「我又回到原來的家，就是我小時候住過的家，老爺爺的兒子就是我以前的主人，你離開樹林不久，老爺爺過世，我很傷心，打算和浪浪萬一樣四處流浪，後來我決定回到老爺爺家，沒想到在這兒遇到你。」

「麵包姐姐只有養我一隻狗，她說她不會再養其他的寵物，她有我就夠了，我以為這樣就夠讓我開心，沒想到能遇到你，我更開心，以後我們一定會常常碰面，麵包姐姐就住這附近。」

「對，我們不再是浪浪，我們都有家。」

理宏摸摸葵。

「下次你帶蝦米來我們家和葵一起玩，我發現葵很喜歡蝦米，大狗這麼喜歡小狗很難得。」

「小狗不怕大狗也很特別，看得出來蝦米很喜歡葵，下次我們再遇到，直接就到你家玩可以嗎？」

葵和蝦米分手，他們走在相反的方向，不過彼此都沒回頭，因為他們心裡很清楚，以後他們必定會常常見面，不需要依依不捨。

這就是有家的幸福感，不必害怕分離，分離是為下次見面做準備。

後記

路上許多流浪狗都是我這本小說的田調對象，謝謝他們讓我靜靜觀察他們，這麼多年在心裡幫他們編寫不為人知的故事，最後成為這本小說。

我欣賞路旁小花小樹小草的美麗，也當路中間慢行的蝸牛或是毛毛蟲的快遞員，把他們從路中間快遞到路旁的草叢。

我觀察流浪狗，默默關心他們，在心裡和他們聊天。下雨天，我關心他們去哪躲雨，如何找吃的，冬天，我擔心他們是否熬得過寒流，當他們不明所以追逐路人或是摩托車，我在心裡呼叫他們不可以嚇人。

我不曾在流浪狗臉上看到我家小可常出現的笑容。流浪狗給我的感覺就是憂鬱和悲傷，或是若有所思只是坐著，我猜他們在回憶曾經有過的幸福，或是努力忘記那段幸福，有時可能也想不透為什麼被流浪了。

我希望能為他們做些什麼，又好像做什麼都不對，我把多年對流浪狗的關心寫成小說，希望能幫他們說出心底的話，讓大家更認識他們。

小可來我家後我才明白，養寵物不是簡單的事，人們看到好可愛的寵物，背後都是主人花許多心思照顧和犧牲換來的，千萬不要高估自己的愛心和耐心，也不要以為自己的愛心足以維持寵物的一輩子那麼久，養寵物之前一定要三思再三思，確定自己有能力好好照顧一個不會說人話的可愛家人，也能做一個稱職的代言人，說出他們真正的心聲。幫寵物洗澡，帶他看醫生、散步、打預防針，定時幫他除蟲和吃預防性的藥物，偶而包容他們的脫線行為。如果你很堅定自己已準備好迎接寵物當家人，那麼，以認養代替購買，既可杜絕不肖商人對動物的不人道繁殖，也給在外流浪的浪浪機會，再一次擁有一個溫暖的家。

愛他，不要買他，愛他，不要棄養他，愛他，全心全意包容他的一切，照顧他到終老，寵物愛我們勝過我們愛他們，信任我們超出我們的想像，我們是他們這輩子的全部。

讓我們好好愛身邊的每一隻寵物，我希望世界上不再有任何動物被流浪，浪浪兩個字永遠消失。

劉碧玲　於二〇二一年九月

九歌少兒書房 283

跟著老爺爺的味道走

國家圖書館出版品預行編目 (CIP) 資料

跟著老爺爺的味道走 / 劉碧玲著 ; 吳嘉鴻圖 . -- 初版 . --
臺北市 : 九歌出版社有限公司 , 2021.10
面 ; 公分 . -- (九歌少兒書房 ; 283)
ISBN 978-986-450-366-7(平裝)
863.596 110014642

作　　者──劉碧玲
繪　　者──吳嘉鴻
責任編輯──鍾欣純
創 辦 人──蔡文甫
發 行 人──蔡澤玉
出　　版──九歌出版社有限公司
臺北市 105 八德路 3 段 12 巷 57 弄 40 號
電話／02-25776564・傳真／02-25789205
郵政劃撥／0112295-1

九歌文學網 www.chiuko.com.tw

印　　刷──晨捷印製股份有限公司
法律顧問──龍躍天律師 · 蕭雄淋律師 · 董安丹律師
初　　版──2021 年 10 月
定　　價──280 元
書　　號──0170278
I S B N──978-986-450-366-7